D1721977

09/07. 2011

Ambros Waibels „Imperium Eins" ist der Kommentar zur
Gegenwart aus dem alten Rom. Ein panischer Briefwechsel, ein
bitteres Kriegstagebuch, eine Absage an den sterbenden Freund,
der auch der allmächtige Beherrscher der Welt ist – drei
Begebenheiten aus einer Spätkultur, die von ihrem Chauvinis-
mus zerfressen wird. Was kann die unverbesserlichen Völker
einen, die sich der ihnen angetragenen Zivilisation erwehren?
Was hält sie ab, an den Errungenschaften der europäischen
Weltmacht teilzuhaben? Denn: „Nicht das Imperium ist schlecht
– es ist vielmehr die einzig mögliche, gottgegebene Ordnung der
Welt – sondern das Leben selbst, die menschliche Existenz ist
negativ." Da hilft nur die Restaurantketten-Methode: ein
Geschmack, eine Weltordnung.
Ambros Waibel, geboren 1968 in München, lebt in Berlin. Er ver-
öffentlichte „Schichten" (edition selene, 1999) und im Verbrecher
Verlag den Geschichtenband: „My private BRD" (2002)

Ambros Waibel
Imperium Eins
Drei römische Erzählungen

Für Kosmas

Erste Auflage
Verbrecher Verlag Berlin 2003
www.verbrecherei.de

© Ambros Waibel 2003
Gestaltung: Sarah Lamparter
Umschlagzeichnung: Sarah Lamparter
Druck: Dressler, Berlin
Printed in Germany

ISBN: 3-935843-21-6

Der Verlag dankt Stefan Degenkolbe, Verena Sarah Diehl, Judith Berges
und Martin Schlögl

INHALT

dominus regum,
victor atque imperator omnium gentium,
imperium sine fine

I.
GENERATION CÄSAR

XCIII
Nil nimium studeo, Caesar, tibi velle placere
Nec scire, utrum sis albus an ater homo.
CATULL

CN. POMPEIUS THEOPHANES, DES IEROITAS SOHN VON MYTILENE, GRÜSST DEN IMPERATOR MARCUS TULLIUS CICERO

Zuerst: Ich schreibe, als wüsste ich Dich in Sicherheit, als könnte ich gewiss sein, Deine gewaltige Stimme irgendwann wieder auf dem Forum zu hören; aber ich weiß es ja nicht, kann es nur hoffen, hoffe es doch so sehr! Hat denn nicht das Volk von Athen, der ehrwürdigen Stadt, es richtig gefunden, sich seines größten Sohnes, des Sokrates, zu berauben? Ist Rom, in dem der Bruder den Bruder, der Sohn die Mutter, die Ehefrau ihren Mann ans Messer liefert, weiser als die Stadt der weisesten Göttin? Ja, das ist es, dies wenigstens weiß ich; und so sehe ich Dich meinen Brief auf Deinem Tusculum öffnen, oder auf Deinem Gut am Meer, behaglich und wohlversorgt – so jedenfalls möge es sein!

Wir hier sind alle natürlich in ziemlicher Aufregung, niemand weiß, was wird, nur dass Er naht – und Er ist so schnell! Italien, Spanien, wieder Italien, Griechenland, die schreckliche, dumme (schrecklich dumme) Niederlage bei Pharsalos, der Dich, mein Bester der Besten, ein gütiger Gott entrückte, Dich aufs Krankenlager werfend. Wie anders, wie besser wäre wohl – viele sagten, ja schrien das, noch wenn sie ins fremde oder eigene Schwert sich stürzten – unser Schlachtenglück gewesen, hätte der Retter der Republik, der Vernichter der Catilinarischen Horden, nicht unter kaltem Schweiß und mit Magenkrämpfen dem Hades trotzig entgegengeblickt. Doch genug von vergangenen Schmerzen, hin zu denen des Tages – höre, was seit Deiner weisen Rückkehr nach Italien sich Neues begeben hat:

Kaum habe ich durchgesetzt, daß Pompeius nach Ägypten flieht, kommen Nachrichten, Er wende sich eben dorthin (man verdächtigt mich übrigens, Ihm diese Information zugespielt zu haben – Du weißt hoffentlich, was davon zu halten ist...). Nun liegen wir hier in Pelusium vor Anker und warten auf Pompeius' Empfang bei Ptolemäus dem Vielzuvielten (es ist natürlich der XIII). Wir wissen nicht, hält er uns hin oder berennt seine Schwester Kleopatra ihn wirklich so heftig (so heftig wie sie sonst nur einen ihrer nubischen Hengste berennt), dass diese Front ihm keine Muße lässt, den „Herrscher des Ostens" zu empfangen, den „Wächter über Land und Meer", *Pompeius orbis domitor per tresque triumphos ante deum princeps*, den Hauptförderer seines Vaters. Ohne die durch Pompeius vermittelten Kredite hätte Ptolemäus' Vater, „Flötenspieler", doch sein Leben in Rom beschlossen, belagert von gierigen Gläubigern, die ihn und seine Knaben gesteinigt und zerfetzt hätten – schade um die kleinen, feinen Instrumente, denen er seinen Beinamen verdankt.

Aber was schon ist ein Beiname: Pompeius war überall *princeps*, außer in Rom; und Gaius Laelius, der Konsul und Freund des großen Scipio, bekam einst den Beinamen „der Weise", weil er die den Großgrund-besitzern verhasste Landreform verhinderte – es waren die Großgrundbesitzer, die ihm seinen Ehrentitel gaben! Und die reichsten Senatoren, die die „Guten", die „Besten" gar heißen, schämten sich nicht, ihre Sessel zu zerstören und mit Stuhlbeinen den Tiberius Gracchus totzuprügeln, als er ihren Besitz unter das Volk verteilen wollte, welches das Land doch erobert hatte. (Übrigens entging auch einer seiner Anhänger, der ein Vorfahr von mir ist, ein gewisser Diophanes, nicht seinem Schicksal – auch ihn schlug die Blüte des römischen Adels wie einen Hund tot und warf seine Leiche in den Tiber: Ist es nicht seltsam, dass der Adel, wenn es hart auf hart kommt, immer viehischer ist im Morden als das Volk? Und war er wohl der letzte Grieche, dem römische Parteikämpfe den Tod brachten?).

Verzeih mir meinen abschweifenden Unernst, Marcus Tullius, Du weißt, ich bin Hellene und schon in weniger verzweifelten Lagen als der unseren hier fällt es uns Griechen schwer, erhaben bei der Sache zu bleiben wie ihr Römer – und Du weißt ebenfalls, wie sehr ich Euch dafür bewundere und Euch und Eurer Mission, die Welt zu beherrschen, die Einsichtigen zu schonen und die Verstockten zu brechen, mich verschrieben habe.

Doch weiter von ernsten Dingen, von den letzten vielleicht, Marcus! Niemand weiß, was uns dort drüben an der öden Küste erwartet, Sein Arm reicht lang und der ägyptische (und griechische – rühre nicht in meiner Wunde!) Pöbel möchte jedem Römer gern die Augen auskratzen. Dort drüben sitzen jetzt ein halbes Kind, ein Eunuch, ein bezahlter Rhetoriklehrer und ein bastardisierter Makedone beisammen, um über das Schicksal des großen Pompeius' zu entscheiden. Ptolemäus,

Potheinus, Theodotus, Achillas sind ihre Namen, und ich habe ihre Gesichter gesehen, als ich auf einem Schnellsegler von Zypern vorauseilte, die Ankunft meines Herren zu melden.

Hätte mein Rat sich nicht durchgesetzt, unser Magnus wäre jetzt bei den Parthern, und ich musste ihm nicht nur recht deutlich vor Augen führen, was er sich, was der Würde des römischen Volkes er mit einem solchen Schritt antäte; nein, ich musste zu Ausführungen greifen, die ihn viel schlimmer treffen als das – und wie es um Pompeius bestellt ist, magst Du, mein Marcus, aus dieser Gewichtung ersehen: Erst, als ich die Gefährdung seiner jungen, blühenden Gattin bei den Barbaren ihm in grellen Farben vormalte, gab unser Gnaeus schnell, ach all zu schnell nach – der selbe, so sind wir doch verpflichtet noch zu glauben, der selbe Pompeius, der einst seine geliebte Frau Antistia schimpflich und kläglich verstieß, um Ämilia, die Tochter Sullas, heiraten zu können, die von einem anderen, nämlich: *ihrem* Mann, bereits schwanger war; und auf die Gefahr, mein Marcus, Dich mit Altbekanntem zu langeweilen: Diesen damaligen Pompeius kümmerte es nicht, dass Antistia seinetwegen der Vater von den damals den Senat beherrschenden Aufrührern erschlagen worden war, dass ihre Mutter darüber nach guter Römersitte ihrem

Leben ein Ende bereitete, dass schließlich Ämilia, kaum sie sein Haus betreten, an den Folgen der Geburt des nicht von ihm gezeugten Kindes starb – und stelle nun Ihn vor Deine Augen, die so vieles gesehen haben, Ihn, der es auf seine Jünglingszeit beschränkte, sich Gefühlen hinzugeben und einen räuberischen Lehrmeister seiner Unschuld im König von Bithynien fand, der Ihn von oben bis unten, von hinten und von vorne mit Lehrstoff versah, wie Er es sich dann oft genug und es souverän ertragend im Senat hat vorhalten lassen müssen. Seitdem aber: Wer hätte wohl Ihn je von einer Entscheidung abgebracht, Ihm das Wohlergehen einer seiner wahllos zahllosen Gattinnen vor Augen haltend? Denn dass Er einst sich Sulla nicht beugte und seine Frau aus der Sippe des Marius behielt, war eben eine politische Entscheidung, eine gewagte gewiss, keinesfalls eine sentimentale. Der „Herr" verschaffte sich doch damit einen Ruf, ein Ansehen, das er bis dahin nicht gehabt hatte, eine Partei, die populare, einen Namen, seinen Namen, eben: Er.

Pompeius – Du, Marcus, flößt mir Vertrauen ein, ganz offen zu sein –, Pompeius ist dabei, den Namen, bei dessen Nennung die Völker zittern oder jauchzen, zu verlieren, er ist nicht mehr groß, er füllt sich selbst nicht mehr aus, die Kleider seines alten, kalten, ehrgeizigen

Stolzes schlottern um seinen fahrigen, müden Körper! Pompeius trennen jetzt von Ihm viel mehr Jahre denn die sechs, die im Kalender stehen, ja wäre Pompeius kein Mensch, sondern ein Sklave des alten Cato, so würde ihn der, wie berichtet wird, nicht weiter durchfüttern, sondern als alten, unnützen Fresser verkaufen! Oder, wie ebenfalls Cato sagte: Unser Magnus ist nicht mehr wie alle Sterblichen *auch* nur ein fleischfressendes Tier, er ist es fast *nur* noch! Aber genug jetzt, genug, Elend macht geschwätzig...

Dein Scharfsinn Marcus, ich bin dessen ganz sicher, hat doch längst die Stimmung und die Botschaft zwischen meinen armseligen – geschrieben in armseligen Umständen allerdings! – Zeilen erkannt. Ich stehe hier auf schwankenden Planken fest an der Seite meines Herren, ich stehe ihm bei und seiner verlorenen Sache! Du bist entsetzt, mein Marcus, Du wendest Dich von mir ab? Ja, es ist Zeit, die Toga nach oben zu ziehen und sich den Kopf zu bedecken, um den Schmerz nicht peinlich sich zeigen zu lassen.

Pompeius muss sich unterwerfen, muss sich Ihm beugen, der als einziger Gnade gewähren kann, wie Du am Besten weißt. Denn was dort drüben, im Land der tausendjährigen Arglist, gerade geschieht – es Dir zu sagen, dem Vorbild aller römischen Tugend, dem Retter der Republik, schämt sich mein Herz, aber drängt mich mein Verstand.

Was, wenn wir Pompeius aufnehmen – werden sie sagen –, was dann? Warum wohl ist er zu uns gekommen? Sind wir nicht täglich Zeugen unserer Erniedrigung gewesen, wenn wir das schlechte Griechisch unseres Finanzministers anhören mussten, der – ein Römer! – unser Land für die römischen Bankiers, die vom Vater Ptolemäus auf den Sohn übergegangenen Gläubiger, auspresst? Was wird Pompeius wollen, wenn nicht vor allem eine schnelle Rate? Pompeius hat es doch immer schon darauf abgesehen, sich Ägypten, diese Schatzkammer der Welt, persönlich untertan zu machen; wir dürfen ihn, so wird Theodotus sprechen, wir dürfen ihn nicht aufnehmen. Und nun wird Achillas sich zu Wort melden und Seinen Zorn singen, falls Ägypten Pompeius entkommen ließe. Dann werde Er nicht nur Forderungen stellen, die auch Er wegen Ptolemäus' Vater reichlich vorzubringen habe – schon als Ädil hat Er sich ja vergeblich bemüht, eine Strafexpedition nach Ägypten leiten zu dürfen, um mitzuverdienen –, Er wird vielmehr das ganze Land plündern, und hier wird Achillas seinem König eingestehen müssen, dass zwei Kriege, einer gegen Kleopatra und einer gegen Ihn nicht zu führen, geschweige denn zu gewinnen seien, ja, ein

Bündnis der beiden sei, wenn man Ihn verärgere, nur zu wahrscheinlich. Das Ratsamste sei also, wird Potheinus lächelnd zusammenfassen, das Ratsamste sei also, Pompeius kommen zu lassen und ihn dann umzubringen. So könne man Ihm einen Gefallen tun, und Pompeius brauchten sie nicht mehr zu fürchten; und er wird hinzufügen, ein Toter beiße nicht mehr.

Mein Marcus, wende Dich nicht ab von den Hervorbringungen einer Phantasie, die nur allzu nahe an dem ist, was die Götter beschlossen haben!

Nun ruft mein Gebieter, mit ihm die griechische Begrüßungsrede durchzugehen, die er an den Knaben Ptolemäus um Asyl richten will. Mögen die Götter uns gnädig sein! Möge der Imperator Marcus Tullius Cicero sich meiner gnädig erinnern! Und möge er immer auf Seiten der Sieger stehen!

Den 28.9.705 ab urbe condita, vor der Küste Ägyptens

MARCUS CICERO GRÜSST SEINEN SOHN

Zunächst: Pompeius ist tot, die Nachricht ist mir übermittelt und verbürgt – denn höre folgende Seltsamkeit:

Heute erhalte ich zwei Briefe aus Ägypten, den einen von Theophanes, dem bekannten Agenten und Biographen des Pompeius, den andern von Ihm. Er schrieb zwei Wochen später, aber wie immer ist Er schneller. Er schildert seine Ankunft am Nil: Wie Theodotus, der feile „Lehrer" des Ptolemäus, Ihm bei seiner Ankunft den einbalsamierten Kopf des Pompeius bringt; wie Ihn der Schmerz überwältigt (wie Er den Schmerz überaus wirksam Gestalt gewinnen lässt – es klingt uns doch allen noch in den Ohren, dieses: „Mein einziges Ziel ist es, unter der Herrschaft Pompeius des Großen in Ruhe und Ehre leben zu können" – Du siehst ich kann noch scherzen!).

Theodotus gibt einen weitschweifigen Bericht der Geschehnisse, bedauert, dass es der ägyptischen Flotte nicht gelungen sei, das Flaggschiff der Pompeianer an der Flucht zu hindern, versichert Ihn der ewigen Freundschaft und Dankbarkeit des Königreiches. Als Er seinen Schmerz überwunden hat (als … aber das kannst Du Dir ja selber schreiben!), legt Er dem Griechen kurz die Tatsachen dar: Der Vater des Ptolemäus sei Ihm von seinem römischen Aufenthalt siebzehn und eine halbe Million Drachmen schuldig für die Überzeugungsarbeit bei den Senatoren, damit diese einen Beschluss erwirkten, der dem Vater mit militärischer Hilfe wieder zu seinem Thron verhülfe – auch ich war, wie Du weißt, in dieser Sache engagiert. Davon fordere Er jetzt zehn

Millionen zurück, um seine Truppen zu versorgen, den Osten zu ordnen und die sich in Africa sammelnden Pompeianer zu schlagen. Potheinus, der Kanzler und Eunuch, schlägt Ihm daraufhin vor, Er solle doch zunächst Ägypten verlassen und Seine gewaltigen Pläne ausführen; wenn Er dann zurückkomme, werde man Ihm mit Dank die Schuld bezahlen. Er fertigt ihn unschlagbar kurz ab, Ägypter seien die letzten, von denen Er einen Rat brauche und überhaupt, mit Seinen Feinden werde Er jedenfalls fertig: „Es macht mir nichts aus", schreibt Er mir, „dass, wie man sagt, die Männer, die ich habe laufen lassen, sich davongemacht haben, um noch einmal mit mir Krieg zu führen. Mir ist nämlich nichts lieber, als dass ebenso, wie ich mir selber gleich bleibe, auch meine Gegner dasselbe tun" (Du kannst Dir vorstellen, dass keineswegs zufällig ich der Adressat eines solchen Satzes bin).

Dieses Ungeheuer von einem Mann ist von einer unheimlichen Wachsamkeit, Schnelligkeit und Umsicht.

Er berichtet mir all das aus dem Königspalast in Alexandria, wo die Ägypter Ihn nun belagern. Er hat kaum Truppen, Seine Lage ist einmal wieder verzweifelt, aber Er erzählt heiter von den Nächten, die Er durchzechen lässt – Er selbst trinkt ja kaum, Zitat Cato: „Als einziger der ganzen Bande geht Er nüchtern an den

Sturz der Republik heran" –, damit kein nubischer Fechtsklave Gelegenheit findet, Ihn im Schlaf zu erdolchen. Kleopatra, die junge Schwester des Königs und Thronanwärterin, tafelt mit Ihm, und wird Ihn wohl auch sonst vom Schlafen abhalten.

Das Seltsame nun aber: Das Vorgehen der Ägypter, wie Er es mir den Worten des Theodotus folgend beschreibt, stimmt bis ins Detail überein mit der Schilderung des Theophanes, der sich dies „vorgestellt" haben will und merkwürdig ironisch den Verdacht zurückweist, er könne an einem Komplott gegen seinen Herrn Pompeius beteiligt gewesen sein; ja, nahtlos setzt Seine Schilderung der Bluttat dort ein, wo Theophanes endet:

Pompeius steigt in einen kleinen Nachen, nachdem ihn Septimius, einst sein Offizier und heute im römischen Expeditionskorps in Ägypten (sie sollten die Rückzahlung der ägyptischen Schulden sicherstellen, sind aber inzwischen ihren einheimischen Frauen treuer als der *res publica*), als Imperator begrüßt. An Bord studiert Pompeius seine Begrüßungsrede für Ptolemäus, und da niemand mit ihm spricht, wendet er sich verunsichert an Septimius mit den Worten: „Ich müsste mich doch sehr täuschen, wenn du nicht ein alter Kriegskamerad bist." Die Antwort waren Schwerter, die kopflose Leiche wurde mit Lumpen bedeckt am Kai den Hunden überlassen.

Was mir Theophanes sagen will, ist klar: Er will sich absichern als gleichzeitig treuer Diener dessen, der ihm vor beinah zwanzig Jahren schon das römische Bürgerrecht verlieh (tatsächlich nennt er sich Cn. Pompeius Theophanes) und dessen und unserer Partei; und andererseits versucht er mir, den er als Feind jeder Parteienherrschaft – auch der unseren – zu kennen glaubt, seine Anhänglichkeit an die gesamtrömische Sache zu bezeugen, nun: „Ich fürchte die Griechen, auch wenn sie Geschenke bringen", alle sind sie so, es ist das alte Lied. Jetzt ist er wohl in Africa und wartet auf den günstigsten Moment, sich Seiner *clementia* zu unterwerfen. Ob Er aber, wie Pompeius, einen griechischen Provinz- und Winkeladvokaten als persönlichen Geschichtsschreiber benötigt, darf bezweifelt werden, Er ist nicht nur der erste Feldherr, sondern auch der erste Prosaist Seiner Epoche.

Auch fehlt Theophanes jeder wirkliche Einblick in die reale Politik. Denn es war ja keineswegs so, dass Ptolemäus' Vater einfach vor einem Volksaufstand nach Rom geflüchtet wäre; vielmehr haben wir die vorhandene und verständliche Unzufriedenheit der Ägypter mit Wohlwollen betrachtet und Ptolemäus nach den ersten schweren Unruhen dringend geraten, nach Rom zu kommen. Wir wollten Ägypten für uns, Ptolemäus hatte damit gar nichts mehr zu tun, und die Probleme begannen, weil die verschiedenen Parteien in Rom sich natürlich den Besitz dieser Schatzkammer gegenseitig missgönnten. Theophanes glaubt an die römische Sendung, das sei ihm unbenommen; da er aber uneingestanden nur an die römische Macht glaubt, weil es eine gleichwertige ja nirgends gibt, kann er die Methoden dieser Macht mit seinem hehren Bild der Sendung nicht in Übereinstimmung bringen (denn Glaube an Macht ist lediglich das Bewußtsein der eigenen Ohnmacht, also: Angst – so jedenfalls erkläre ich mir seine Naivität).

Sein Buch über Pompeius hat Theophanes mir damals geschickt, das Ding heißt doch tatsächlich „Alles über Pompeius", ist in geschmeidigem Griechisch verfasst, konzipiert auf den schnellen Sesterz – den Griechen kommen die Worte von den Lippen, den Römern aus dem Herzen –, war damals ein beachtlicher Erfolg, als Pompeius aus den Seeräuber- und Mithridateskriegen zurückkehrte, und die Triumphe den Verkauf ankurbelten.

Als Beispiel für Propagandastil, der ja immer wichtiger wird, lege ich Dir die Einleitung für Deine

Studien bei – lies aber immer den Thukydides dazu, damit es Dir den Geschmack nicht verdirbt!

Über Pompeius Magnus – *nostra miseria tu es magnus* – ein andermal mehr, mich beherrscht noch der Schmerz über den geschändeten Leichnam, und der Schmerz führt einem den Griffel so unsauber wie die Berechnung – bedenke das immer!

Um mich brauchst Du Dich im Moment nicht zu sorgen, ich habe an Atticus geschrieben, der Geld schickt und den übelsten Intriganten mit der Drohung, er werde ihre Kredite kündigen, das Maul stopft – und wer hat kein Konto bei ihm! Marcus Antonius hat ein Edikt veröffentlicht, dass mein Schicksal ausschließlich und ausdrücklich Seinem Urteil anheim stellt. Allerdings darf ich Brundisium bis zu seiner Rückkehr nicht verlassen – eine grauenhafte Stadt, in der nicht sterben möchte. Leben aber muss ich nun hier, mein einziger Trost ist der Fortschritt Deiner Studien. Enttäusche mich nicht und lebe wohl.

Brundisium, November 705 a.u.c.

POSTSCRIPTUM

Wie Du weißt, war ich es, der vor der Volksversammlung den Oberbefehl des Pompeius im dem Piratenkrieg folgenden Feldzug gegen Mithridates durchsetzte, meine

Rede hast Du ja wohl, ich habe sie hier natürlich nicht! Beachte, wie Theophanes in den Passagen über die Seeräuber schlicht mein klares Latein in sein verschnörkeltes Griechisch setzt – es gibt kein Eigentum mehr, wenn ein Tyrann mit begehrlicher Hand darauf zeigt, und sein Speichellecker springt, es zu grapschen!

Verzeih einem von allem Gespräch Abgeschnittenen, einem der Gnade der Aufrührer Ausgelieferten, verzeih Deinem alten Vater seine Unbeherrschtheit. Ich habe doch niemanden sonst, nicht einmal mich selbst, mit dem ich so offen sprechen könnte wie mit Dir.

AUS DEM BUCH Τα περι Πομπειον DES THEOPHANES

Triumph und Beute sind die Siegespreise der Soldaten. Doch auch der Landmann, auf dessen Boden der Kampf ausgetragen wird, dessen Haus geplündert ist und dessen Arbeitsfrüchte vertilgt sind, erhält seinen Lohn. Es gilt des Archilochos Wort, dass jede Schlacht die Fluren düngt; und so lesen wir, dass die Massilier, als Marius auf ihrem Gebiet die wilden Massen der Teutonen und Ambronen vernichtete, nicht nur aus den Gebeinen der Erschlagenen Zäune um ihre Weingärten errichteten, sondern dass die verwesenden Leichen und die Regengüsse, die im Winter nach der Schlacht niedergingen, der Erde eine wunderbare Fruchtbarkeit verliehen. Bis in die Tiefe füllte sich der Boden mit der eindringenden Fäulnis an, so dass in den folgenden Jahren überreiche Ernten hervorwuchsen. Und was den Regen betrifft, so wissen manche zu berichten, dass nach gewaltigen Schlachten oft wolkenbruchartige Regenfälle auftreten, weil eine Gottheit mit den reinen Wassern des Himmels die Erde überfluten und entsühnen will, oder weil aus Blut und Verwesung ein schwerer, feuchter Dunst emporsteigt, der die Luft verdickt, die schon an sich durch den leisesten Hauch sich bewegt und verändert.

17

Nichts von alledem weiß ich zu berichten. Die Taten, die ich verkünden will, sind auf den weiten Wassern des Binnenmeeres geschlagen oder in karstigen Höhen der Gebirgen Kilikiens. Die toten Männer versanken in den Fluten, wurden Beute der Fische oder ihre Gebeine bleichten auf nacktem Fels, beachtet nur von den Geiern. Doch sind Taten und Männer nicht weniger ruhmreich, gewann Rom kaum Land, aber die Herrschaft und Sicherheit über die See, von den rauen Säulen des Herakles, bis zu den palmenbeschatteten Ufern Syriens, von der schönen Stadt Massilia bis zur kornbestandenen Küste Africas.

Es sind die Taten des Cn. Pompeius Magnus, die ich überliefere, seiner Soldaten und ihrer Feinde, tückisch und tapfer. Die Seeräuber schlug Pompeius in wenigen Monaten, doch Ruhm häufte er an für Jahrhunderte. Hört, Ihr Bürger Roms und alle ihr anderen Einwohner des Weltkreises, was Größe ist, wie sich der Mensch durch seine Taten in den Kreis der unsterblichen Götter erhebt!

Über das ganze Binnenmeer hatte sich die Macht der Piraten ausgebreitet. Die Schifffahrt war lahmgelegt, kein Kauffahrer traute sich mehr auf See. Auch die Getreidezufuhr nach Rom war unterbunden, und man musste mit einer Hungersnot rechnen.

Ihren Ausgang hatte diese Macht der Seeräuber zuerst in Kilikien genommen. Im Anfang waren es tollkühne Draufgänger, die nach ihren Raubzügen sich wieder in ihre Schlupfwinkel zurückzogen. Aber als Rom so mächtig geworden war, dass es sich nur selbst noch als ehrenvoller Gegner erschien, und die Legionen, die die Ökumene unterworfen hatten, vor den Toren und auf dem Forum der Stadt sich mit blanker Waffe gegenüberstanden, da blieb das Meer ohne Schutz und lockte die Seeräuber zu Taten, bis sie nicht mehr allein die Schiffer auf See angriffen, sondern auch Inseln und Küstenstädte brandschatzten und ausräuberten. Schon begannen Männer des Reichtums und des Adels in die Reihen der Seeräuber zu treten, denn die Könige, denen sie vorher gedient hatten, waren von Rom besiegt und abgesetzt. Der Bürgerkrieg aber ließ keine Zeit, die Verhältnisse neu zu ordnen, ein Niemandsland und eine Niemandssee war der Osten, und so schloss sich ihnen mancher, der auf seine Klugheit besonders stolz war, an. Es war schon so weit gekommen, dass die Seeräuberei Ruhm und Ehre einbrachte! An vielen Punkten gab es befestigte Flotten- und Signalstationen. Geschwader schwammen auf dem Meer, die mit prächtigen Mannschaften, erfahrenen Steuerleuten und schnellen, leichten Schiffen ihren besonderen Aufgaben gewachsen waren. *Aber so groß die Furcht war, die sie verbreiteten, noch mehr erbitterte ihr grenzenloser Hochmut.*

Mit vergoldeten Masten, purpurnen Sonnensegeln und versilberten Rudern kamen sie daher, als wenn sie sich mit ihren Verbrechen übermütig brüsten wollten. Vom Leierspiel bei ihren Zechgelagen hallten die Küsten wider. Männer vom höchsten militärischen Rang fielen ihnen in die Hände, Städte, die sie überfallen hatten, mußten sich loskaufen – das alles war ein Hohn auf die Macht Roms. Schließlich bestand die Flotte der Piraten aus mehr als tausend Schiffen, und die Zahl der eroberten Städte stieg bis auf vierhundert. Selbst die Tempel, die bis dahin als unverletzlich und heilig gegolten hatten, und deswegen nicht selten als Aufbewahrungsort für die Stadt- und Staatsschätze dienten, plünderten sie aus; und als ob ihre bloßen Taten nicht schrecklich genug gewesen wären, war auch ihr Glaube barbarisch und fremd, sie verehrten nicht die unsterblichen Götter, sondern lächerlicherweise nur eine einzige Gottheit, und noch heute, da ihre Taten erinnert werden müssen, lebt der Dienst des stierblutdurstigen Mithras fort, der von ihnen zuerst eingerichtet war, in den vom Roten Meer umspülten Wüsten Arabiens, wohin einige wenige sich der Hammerhand Pompeius des Großen entzogen – doch greife ich vor, und die Bedeutung des Geschehenen erlaubt weder Hast noch Hudelei.

So groß ihre Taten, so groß die vorhergehende Schande der Römer: Denn sosehr war Rom wie eine Riesenschlange in sich selbst verbissen, dass die Piraten sogar in Italien zu plündern begannen, Ostia und Brundisium, die Haupthäfen des Imperiums, blieben vor ihnen nicht sicher. Ja wir werden hören, wie sie den entlaufenen Fechtsklaven um Spartakus ihre Flotte zur Verfügung stellen wollten! Sie gingen von Bord, wo es ihnen beliebte, sie zogen auf den Straßen landeinwärts und plünderten die Villen. Einmal fingen sie sogar zwei Prätoren in ihrer purpurverbrämten Amtstracht und entführten sie samt ihren Sklaven und Liktoren. Aber sie trieben ihren Übermut noch weiter: Wenn sich ein Gefangener bei ihnen auf sein Römertum berief und seinen Namen nannte, dann taten sie furchtbar er- schrocken und ängstlich, schlugen sich auf die Schenkel, fielen vor ihm auf die Knie und baten ihn flehentlich um Verzeihung. Gerne gewährte der Gefangene sie, weil er sah, wie demütig sie baten. Dann zogen sie ihm römische Schuhe an, legten ihm eine Toga um, damit man ihn ja auch immer als Römer erkennen könne. Wenn sie so lange genug ihren Spott mit ihm getrieben hatten, ließen sie schließlich mitten auf dem Meer eine Leiter an der

Schiffswand herab und baten ihn freundlichst, Abschied zu nehmen und seiner Wege zu gehen. Wenn einer nicht wollte, warfen sie ihn selbst über Bord. Kurz gesagt: Sie fürchteten, da sie ja Rom nicht fürchteten, nichts auf der Welt. Doch als der EINE kam, wussten sie, dass sie ihre Furcht nur unter Hochmut und Prunk verborgen hatten. Und als er kam, schoss über sie der Schrecken wie gegorener Wein aus einer unvorsichtig geöffneten Amphore.

Doch wieder greife ich vor und habe der Lästerung der Piraten noch kein konkretes Gesicht gegeben; und doch ist ja allgemein bekannt, dass ihr hervorragendstes Opfer einer war, den viele für den zweiten Mann im Staate halten, der selber sich geringer gewiss nicht einschätzt. Gaius Julius Cäsar, der dann als einziger Senator den Gesetzesantrag für den Oberbefehl des Pompeius Magnus unterstützen sollte, auch er war ein Opfer der Schreckensverbreiter geworden, als er in Jünglingsjahren unterwegs zu einer heiklen Gesandtschaft an den Hof des Königs von Bithynien ihnen in der Ägäis in die Hände viel. Er kaufte sich frei, ließ, kaum an Land, ein Schiff bemannen und ausrüsten, überfiel die Piraten, die sich einem Festschmaus hingaben, nahm ihnen alles und ließ sie ans Kreuz schlagen. Doch erst Pompeius konnte seine Demütigung, den Barbaren in die Hände gefallen zu sein, ganz tilgen. *Ewige Freundschaft verbindet seitdem die beiden großen Männer zum Nutzen des Staates und zum Schaden seiner Feinde.*

Denn wie anders soll man die Leute nennen, die sich dem Oberbefehl des Pompeius in selbstsüchtigem Wahn entgegenstellten? Die die ehrwürdigste Verfassungstradition als Vorwand nutzten, das Übel zu belassen, während das Volk von Rom, der Beherrscher der Welt, hungerte, weil die Getreideschiffe abgefangen wurden, weil Feigheit verhinderte, das, was Recht war, durchzusetzen? Und wie gar abscheuliche Verleumder und Wahnsinnige, die da es wagten zu behaupten, die Piraten seien nicht Piraten, sondern friedliche Sklavenhändler, mit denen das römische Volk keinen Zwist hatte, bis die Ritter beschlossen, das einträgliche Geschäft in die eigenen Hände zu bekommen und deshalb selbst den Getreidenachschub drosselten, um – welch kranker Gedanke! – die Volksversammlung schnell von der Rechtmäßigkeit des Krieges zu überzeugen? Hat nicht einzig die sprichwörtliche Milde des Pompeius Magnus diejenigen vor dem Kreuz bewahrt, die in Spottliedern Gaius Julius Cäsar vorzuhalten wagten, er sei gar nicht entführt, sondern als Sklavenschmuggler(!) ganz rechtmäßig von den kilikischen „Kaufleuten" aufgebracht und lediglich zu einer Konventionalstrafe verurteilt worden? Ich bin Grieche. Und ich sage: Wer glaubt, ein römischer Ritter sei zu solchen Taten fähig, kann selbst kein Römer sein – dies scheint mir die härteste Strafe, die in dieser Welt zu verhängen möglich ist.

Nun Muse, da ein starker Wind diesen Schmutz hinweggeblasen hat, fülle mit ihm die Segel meiner Erzählung wie einst die Segel der Flotte des Pompeius Magnus, der größten und stärksten, die je die Meere befuhr.

(...)

CICERO GRÜSST ATTICUS

Du bist mein Freund und mein Bankier, und wie alles in diesen Zeiten ungewiss ist, wage ich nicht zu entscheiden, was wichtiger ist: Dass mein Freund ein Bankier oder dass mein Bankier ein Freund ist.

Der Rat, den Du mir gibst, kann jedenfalls nur gut sein, aber glaub' mir, was den Brief an Ihn angeht, glaube mir, ich schwöre es Dir, ich kann nicht.

Dabei ist es nicht das Gefühl der Erniedrigung, das mich abschreckt, obgleich es wahrlich so sein müsste. Wie schmählich ist doch diese Liebedienerei, wo schon die Tatsache, dass wir leben, schmählich ist! Aber wie gesagt, die Schändlichkeit ist es nicht mehr, die mich abschreckt. Ich wünschte, es wäre so – dann wäre ich ja der, der ich sein sollte –, sondern mir will einfach nichts einfallen!

Ich werde noch wahnsinnig in meinem unbedingten Verlangen, meine Freiheit, meine Würde, die Republik zu retten und dabei immer auf Leute setzen zu müssen, die genau das Gegenteil davon wollen! Nach Alleinherrschaft strebten Er und unser Magnus schon immer beide, um ein glückliches und ehrenhaftes Leben für die Bürger ging es überhaupt nicht.

Pompeius hat von Anfang an im Sinn gehabt, alle Länder, alle Meere in Unruhe zu versetzen, fremde

Könige aufzureizen, Barbarenvölker bewaffnet nach Italien zu führen, gewaltige Heere aufzustellen.

Er, ein doch ursprünglich schwächlicher, weicher Mann, Epileptiker, erzog sich in Gallien zum Feldherren, schuf sich eine ihn vergötternde, ihm allein verpflichtete Armee, metzelte mit Rom verbündete Völker nieder, mit dem einzigen Ziel, Seine Bürgerkriegskasse zu füllen – und jetzt soll ich Ihm schreiben, dass Er die einzige Hoffnung der *res publica* ist? Ihn, den kältesten, eigensüchtigsten, ruhmgierigsten, abgeklärtesten Mann zu beeinflussen suchen wie einen Jüngling, der schwankend auf der Suche nach moralischer Orientierung ist? Was denkst Du Dir eigentlich, wer ich bin, was ich vermag!? Ich sehe nur noch den totalen Untergang, unsere Aussichten sind denkbar jämmerlich, heillos und schmählich.

Tusculum, Juli 707 a.u.c.

ATTICUS GRÜSST CICERO

Am wichtigsten sind Besonnenheit, Erfahrung und, daraus resultierend, guter Mut. Ich lade Dich ein, Marcus, einmal von der gegenwärtigen Verwirrung abzusehen. Wie letztlich doch alles sich immer zum Guten wendet! Weil Du mir etwa von den Ptolemäern sprachst: Was haben nicht alle sich um dieses Ägypten gezankt und zanken sich noch immer; und dabei kann es doch, was in unsrem Staat auch noch geschehen mag – und wahrlich, hier gebe ich Dir recht, es mag noch sehr viel geschehen –, überhaupt keinen Zweifel geben, dass Ägypten werden wird, was es schließlich werden muss: Römische Provinz, mit allem Schutz und allen finanziellen Verpflichtungen, die dieser Status mit sich bringt. Die Welt ist nun einmal dazu da, von römischer Macht und römischem Kapital unterworfen und durchdrungen zu werden. Erläutere uns das, bestärke uns, mahne uns – aber zweifle und verzweifle gar nicht! Und denke bitte auch ein wenig an mich und an Dein Konto – an der Börse sind alle sich einig, dass ertragreiche Posten bis auf weiteres nur von „Ihm" (ein bisschen albern, dieses Versteckspiel, findest Du nicht?) vergeben werden –, und da will Dir für einen kleinen Brief nichts einfallen? Vielleicht hättest Du Dir „Seinen" vierfachen Triumphzug ansehen sollen: Gallien, Ägypten, Pontus und Africa zogen vorüber, alle besiegt und steuerpflichtig – der Mann hat doch jedenfalls was geleistet!

Rom, August 707 a.u.c

QUINTUS CORNIFICIUS GRÜSST SEINEN VATER

Wie Du es von mir verlangt hast, habe ich meine politischen Studien abgeschlossen und zwar mit einer Arbeit über die sogenannte „Ägyptische Affäre", wie es ebenfalls Deinem Wunsch entsprach.

Ich stelle eine Zusammenfassung dieser Studie an den Anfang meines Briefes, um Dir meine weiteren Überlegungen und Entscheidungen so nahe wie möglich zu bringen.

Das militärische Kommando, welches Pompeius nach seinen Erfolgen im Krieg gegen die Seeräuber wünschte, war in Ägypten, in eben dem Land, welches Cäsar und Crassus, mit denen er sich kurz davor zu schon eindeutig antirepublikanischen Zwecken verbündet hatte (693 a.u.c.), bisher als ihre Domäne betrachtet hatten.

Zwanzig Jahre zuvor war Ptolemäus XII, „Flötenspieler", König von Ägypten geworden. Auf seinem Thron lastete eine Hypothek. Diese bestand in dem Testament seines Vorgängers Ptolemäus XI, in welchem er dem römischen Staat die Königreiche Ägypten und Zypern als Provinzen überschrieb. Als das Testament bekannt wurde, brachten ihn seine Untertanen sofort um.

Herrscher Zyperns wurde zunächst der Bruder des „Flötenspielers". Doch im Jahre 695 verfügte der Senat die Auflösung des selbständigen zyprischen Ptolemäerreiches, und „Flötenspielers" Bruder ließ sich lieber von einer Giftschlange beißen als mit den Krallen des römischen Adlers im Nacken weiter König zu spielen.

Um das Testament seines Vaters, das natürlich gefälscht oder erpresst war, ungültig zu machen, hatte „Flötenspieler" die Zahlung von 6000 Talente an ein von Pompeius und Cäsar geleitetes Konsortium zusagen müssen. Aus dieser Phase stammen die berüchtigten ägyptischen Silbermünzen ohne Silber, denn wenn er auch sein Volk noch so sehr auspresste, die römischen Bankiers und ihre Eintreiber wurden nie satt. Denn sie wollten Ägypten letztlich ganz für sich.

Man beschloss, die vorhandene Unzufriedenheit in Ägypten nach dem Selbstmord des Zypernkönigs zu schüren, und vor den erzeugten Unruhen floh „Flötenspieler" Ende 695 aus Alexandria zu seinem Schutzherren Pompeius, ohne eigentlich dringende Not, auf Anstiften des Theophanes, der Pompeius die Gelegenheit zur Intervention verschaffen wollte.

Zunächst jedoch wandte Ptolemäus – sein letzter gesunder Impuls – sich an Cato, den man aus Rom als Statthalter nach Zypern weggelobt hatte. Cato riet ihm, sein Geld nicht an die unersättlichen römischen Magnaten zu verschleudern, sondern sich mit seinen Untertanen zu „versöhnen", er selbst sei – o Wunder – bereit, dabei zu vermitteln. Ptolemäus war zuerst interessiert, ließ sich aber dann von seiner Umgebung – Theophanes! – dazu bewegen, doch nach Rom zu gehen (Cato war ein Säufer und hatte keine realen Machtmittel zur Verfügung). Hier geriet er mitten in den Sumpf römischer Innenpolitik und musste eine Anleihe nach der anderen aufnehmen, um die ständig wachsenden Ansprüche der Gläubiger zu befriedigen. Pompeius aber empfahl den König dem Senat, nahm ihn in seinem Haus auf und verschaffte ihm einen neuen Kredit. Auf seiner albanischen Villa wurden die Anleihen abgeschlossen.

Auf die Nachricht, dass Ptolemäus in Rom sei, schickte man aus Ägypten eine Abordnung von hundert Gesandten unter Führung des Akademikers Dion, um sich zu rechtfertigen und den König anzuklagen. Aber Ptolemäus und seine römischen Gläubiger sorgten dafür, dass ein Großteil dieser Delegation gar nicht erst in Rom ankam. Ein Sonderausschuss des Senats fand später ein Massengrab vor den Toren Brundisiums. Der Rest wurde in Rom abgestochen oder durch Drohungen zum Schweigen gebracht. Aber nun war der Skandal zu offensichtlich, der Sonderausschuss wurde eingesetzt, und alle Morde, Drohungen und Bestechungen vor dem Senat zur Sprache gebracht. Dion war schon zur Aussage vorgeladen, wurde aber im Haus eines Pompeianers ermordet. Im Senat erwirkte der amtierende Konsul Spinther, dass der Statthalter, dem im nächsten Jahr die Provinz Kilikien zufallen würde, den König wieder einsetzen solle – dieser Statthalter war natürlich er selbst, denn wie gesagt: auch die Senatspartei wollte ja nur Ägypten für sich.

Damit war die Sache aber keinesfalls zu Ende, das Intrigenspiel des Pompeius wurde vielmehr noch heftiger. Seine Angestellten forderten seine Entsendung an der Spitze einer Armee, ebenso die Parteigänger des Königs, die im Vertrauen auf Pompeius ihr Geld zu Wucherzinsen hergegeben hatten; Pompeius selbst hielt sich nicht nur zurück, sondern erklärte überall, er sei mit Spinthers Entsendung ganz einverstanden und trat auch im Senat mit großem Nachdruck dafür ein – er wollte in üblicher Weise gezwungen sein, die schwere Last zu schultern, da man ihm wieder einmal die heißersehnte Ruhe nicht gönnte. Cicero, der dem Spinther als Mann des Senats verpflichtet war, tat so, als ob er das wirklich glaubte, und stellte sich Pompeius' eigentlichem Anliegen gegenüber taub. Er suchte ihn in ununterbrochenem Verkehr in dieser Haltung zu festigen und stellte Pompeius vor, mit welcher Schmach er sich bedecken würde, wenn er sich auf eine so schmutzige Sache einließe.

Im Senat aber griff man – wie so oft – zu einem religiösen Mittel. Man ließ in den sybillinischen Orakeln den Spruch entdecken, dass man den König Ägyptens, wenn er um Hilfe bitte, zwar freundlich unterstützen, aber ihm kein römisches Heer senden dürfe, wenn man nicht in große Not geraten wolle. Natürlich beschloss der Senat dementsprechend.

Um die Sache nun völlig zu verwirren, meldeten sich die Volkstribunen zu Wort und erwirkten auf der Volksversammlung den Beschluss, sich endgültig aus Ägypten rauszuhalten – eine Katastrophe für alle an der Finanzierung beteiligten und als solche natürlich auch geplant.

So verlief die Sache unter monatelangen Geschäftsordnungstricks zunächst im Sand, mit dem einzigen Erfolg, daß Pompeius das Kommando vorerst nicht bekommen hatte. Später beteiligte er aber die Volkstribunen am Geschäft, „Flötenspieler" kehrte von Gabinius und seinen Soldaten (die dann später Pompeius ermordeten!) geführt, zurück. Gabinius war ein Vertrauter des Pompeius, und Pompeius setzte Cicero, der Gabinius haßte, so unter Druck, dass der die Anklage wegen Frevels – denn Gabinius war ja gegen den erklärten Willen der Götter mit Soldaten nach Ägypten gezogen – fallen ließ. Gabinius' wirkliches Vergehen, weswegen alle ihn fertig machen wollten und ihm dann doch den Prozess machten, war der Schutz seiner Provinz Syrien vor gierigen römischen Steuerpächtern gewesen. Sein Verbrechen war Korrektheit. Da es Pompeius diesmal nicht gelang, seinen Schützling vor einer Verurteilung zu bewahren (es ging um Geld), lief dieser später zu Cäsar über und ist dann in Illyrien gefallen.

Finanzminister des „Flötenspielers" wurde ein Gaius Rabirius, der größte seiner Gläubiger, den Cicero dann später verteidigte.

Ägypten war nun endgültig römisches Protektorat.

Die Erben des „Flötenspielers", der 702 eines seltsamerweise natürlichen Todes starb, waren Kleopatra und Ptolemäus XIII, der von Cäsar beseitigt wurde. Kleopatra versuchte ihren Bruder umzubringen, floh, setzte erst auf Pompeius, dann auf Cäsar, ließ sich von ihm schwängern und hofft nun noch immer, Ägypten als den letzten „unabhängigen" Staat am Binnenmeer zu retten.

Als neuer Finanzminister bringt sich hartnäckig Theophanes ins Spiel, den Cäsar begnadigt hat und fördert.

Die selben Senatoren aber, die Pompeius in der ganzen ägyptischen Sache allein ließen und demütigten, weil sie den Alleinherrscher in ihm fürchteten, flohen zehn Jahre später mit ihm vor Cäsar – Cicero am zögerlichsten, feigsten und miesesten. Und „mies" ist ja überhaupt der einzige Ausdruck, der einem für diese „Demokratie" und ihre „Demokraten" noch einfällt, mies, mies, mies!

Und damit Schluss, ich kann nicht mehr, und ich will auch nicht mehr!

Hast Du, Lieber Vater, die komplexe Angelegenheit in meiner Darstellung verstanden? Oder habe ich etwas vergessen, bin ich irgendwo unklar geblieben? Vielleicht darin, dass, lakonisch gesagt, die ganze Affäre eine reine Geldaffäre war, weil die scheinbar Handelnden, also etwa Cäsar und Pompeius, ja nie genügend Mittel hatten, ja Cäsar sein bisheriges Leben vor den Mahnungen der Metzger und Schuhmacher hatte davonlaufen müssen?

Die ganze Verwirrung ist ausschließlich darauf zurückzuführen, dass die Analysten der Banken nicht immer klar sahen, welche Kombination den größten Profit abwerfen würde. Die Politik spielt überhaupt keine Rolle, höchstens noch die des Laufburschen, der manchmal mitten in einem Botengang zurückgerufen und in die andere Richtung geschickt wird. Und Du wünschst weiterhin ernsthaft zum Wohl unserer Familie und meines persönlichen Heils, ich solle mich in diesem Metier betätigen, Karriere machen? Sind Dir die Verse unseres nicht zufällig jung gestorbenen Landsmannes – er stammte aus Verona –, meines Freundes Gaius Valerius Catullus bekannt, der, nachdem er ähnlich Studien betrieben, ähnliche Dokumente gewälzt hatte, das alles *Cacata Carta* genannt hat, *Scheisshauspapier*!?

Einen solchen Werdegang stellst Du Dir für mich vor, Du, dessen Sohn vom Mob auf dem Forum noch immer wegen seines angeblich gallischen Akzents verhöhnt wird? Du, der noch die Striemen auf dem Rücken trägt, die Striemen der Peitsche eines jungen senatorischen Laffen, der Dich blutig schlug, weil Du Dich auf das Dir von Cäsar verliehene römische Bürgerrecht beriefst? Du, der sich den Hohn gefallen lassen musste, die Wunden sollest Du mit heimtragen als Mahnung, dass Du kein Römer seiest, und jeder Gassenlude hier ungestraft über Dich herfallen dürfe? Hast Du das so schnell und gründlich abgeschrieben, als Du mich hierher schicktest? Sie, die anderen, die Römer haben es nicht vergessen: Als ich kürzlich meinen ersten, schon so gut wie gewonnenen Prozess mit einem kurzen Plädoyer abgeschlossen hatte, betrat der gegnerische Anwalt die Rednerbühne mit einem seltsamen Stab in der Hand; und während er seine kläglichen Argumente kläglich vorbrachte, lockerte er Stück für Stück seinen Griff und siehe: Er trug eine Peitsche in der Hand, und ein Johlen und Grölen begann das ganze Forum zu füllen, bis die Menge schließlich ein „Peitscht ihn, peitscht ihn aus den Gallier" skandierte, ich um mein Leben fürchtend fliehen musste und wegen Mißachtung des Gerichts den Prozess verlor. Nein, mein Vater, in der römischen Politik gibt es für uns nichts zu holen außer Schande und Erniedrigung!

Anders, und hier komme ich zum Neuen, zum Erfreulichen, ganz anders ist es in den Künsten, in dem Bereich, den man den der schönen Wissenschaften nennt. Hier wird von nun an mein Streben liegen, ganz wie Catull es ebenfalls im Vers aussprach: „Ich bemühe mich gar nicht so sehr, Cäsar, Dir zu gefallen, ja es interessiert mich nicht, ob du ein guter oder ein schlechter Mensch bist." – so denken wir hier alle, wir scheißen auf die Politik, treffen uns auf kleinen Gütern, singen, dichten und reden die ganze Nacht; und wir machen Bücher daraus, wie Herr Cicero, aber natürlich ganz anders als die alte Hure. Wir schreiben über alltägliche Dinge, schöne Dinge, viel über Musik, viel Klatsch und Frechheiten, volkstümlich – aber natürlich ganz unpöbelhaft! Der ganze Politik- und Bankendreck lässt uns kalt, neben der Leier zählt allenfalls noch das Schwert. Deswegen sind die meisten von uns wenn überhaupt dann für Cäsar. Er hat die Macht. Er führt die Kriege und verteilt die Beute. Darüber hinaus ist er noch der witzigste von der ganzen Bande. Halte mich also nur nicht für weltfremd! Ich weiß, dass man Geld und Beziehungen braucht. Ich weiß Cäsar auf seine Art durchaus zu schätzen – mit diesen tumben Altrepublikanern, Brutus etc. haben wir jedenfalls nichts zu tun, das sind tote Langweiler, dass Du Dich da nicht sorgst! Aber ihm so das Arschloch hinzuhalten wie dieser Octavian, den er jetzt adoptiert hat (er fickt seinen eigenen Sohn – das ist Rom!), das wirst Du nicht von mir verlangen.

Kurz: Ich bin zum erstenmal seit ich hier bin, ja seit ich kein Kind mehr bin, glücklich! Und ich bin es mit Deinem Geld; und deswegen, und weil ich Dich liebe, war ich ganz offen. An den Iden des März erscheint mein Buch. Es ist Dir gewidmet und unserer Mutter. Mein einziger Wusch ist, Du mögest Dich darüber mit mir freuen, so freuen als sei ich Konsul geworden – ein Amt, das seit der Diktatur Cäsars ohnehin nichts mehr wert ist.

Dein Dich liebender und verehrender Sohn

Rom, Januar 709 a.u.c.

LETZTE MELDUNG

Cäsar bereitet jetzt ernsthaft den Krieg gegen die Parther vor. Natürlich ist das Innenpolitik: Sein einstiger Mitverschwörer Crassus hat ja dort in der mesopotamischen Wüste sein Leben und drei Legionen samt Feldzeichen verloren, und Cäsar – man nenne ihn ab sofort *Vater des Vaterlands* – zieht hin, die Schmach zu rächen und die nationale Versöhnung auf Kosten der Parther einzuleiten. Der Bürgerkrieg ist vorbei. Damit ist die Republik tot. Der Feldzug gegen die Parther wird der erste des neuen Zeitalters. Weil es anders nicht mehr geht, übernimmt ein einziger die Verteilung der Beute. Wir gehen alle mit. Politik ist jetzt geheime Kanzleisache, Betätigungsfeld für Sklaven und Plebeier, zum Ruhmerwerb taugen nur noch die Dichtung und der Krieg. Ich hoffe wirklich für Dich, dass Du begreifst! Schick kein Geld mehr, Cäsar gibt üppigen Vorschuss.

Quintus

II.
IMPERIUM

christiana religio absoluta et simplex
AMMIANUS MARCELLINUS

ARGENTORATE (STRASSBURG) AUGUST 357, UNSERE ZEIT

Die Schlacht ist gewonnen, aber der Rheinübergang wird scheußlich. Überall im Uferschlamm stecken Alamannenkadaver, schon beginnen sie bei widerlich feuchter Hitze sich aufzublähen und zu verfärben, Myriaden von Mücken fliegen in jede Öffnung, und mir graut bei dem Gedanken, in welchen Öffnungen sie vorher schon gewesen sind.

Der Sieg aber ist vollständig, kein Barbar ist auf römischem Boden zurückgeblieben, es sei denn tot oder unterworfen. Gerade hat der Heide den Kniefall des Bandenchefs Chnodomar (!) entgegengenommen – „König", wie Alexander möglicherweise: das hätten sie gern! König über hundert Zwergrinder, zwanzig Dörfer und zehn abgezehrte Sklaven! (Gern erzählt wird die Geschichte vom germanischen „Königssohn", der ein paar Jahre als Geisel in Konstantinopel verbracht hat und sich bei seiner Rückkehr am Rheinufer niederlässt und weint: Er hat vergessen, wie schlimm das Elend hier ist.)

Chnodomar, der eine entfernte Ähnlichkeit mit einem Menschen an den Tag legte, warf sich in den Staub, der Heide (der ja „theoretisch" alles Zeremonielle abschaffen will!) nahm es – doch: würdig entgegen und schickte ihn nach Illyrien zum Augustus Constantius, seinem Vetter, dem Mörder seines Vaters und seines Bruders, einem treuen Christen, meinem Herrn. In Illyrien werden sie sich einiges zu erzählen haben, denn erst Constantius hat ja Chnodomar (!) angestachelt, dem Neffen seine Grenzen in Gallien aufzuzeigen! Und in Rom werden ein paar Senatorengattinnen Eingaben machen, dass die gefangenen germanischen Zuchtstiere wieder in die ewige Stadt kommen, die Stadt des ewigen Ständers. Sie lechzen doch geradezu nach Germanensperma und tragen mit Stolz ihre rothaarigen kleinen Wilden aus, Königssöhne ja schließlich, um sie dann doch irgendwann an die Gladiatorenmeister zu verkaufen – *senatus poebelusque romanus*!

Der Heide aber hat sich gut gehalten, ein tapferer Soldat, ein besonnener Führer, und eben auch der Antichrist, der sich mit warmem Stierblut taufen lässt und die Sonne als Zentrum des Universums anbetet, in das er vordringen möchte. Der Heide, Julian, ist gottlos und wer Gott nicht kennt und fürchtet, der kennt seinen Platz nicht auf der Welt. Natürlich schimpft er über die Soldaten, die ihn (wie inzwischen üblich, muss man gerechterweise sagen) noch bluttriefend zum Augustus erheben wollen, er hat Angst, er ist noch nicht stark genug. Aber wenn er den Moment für gekommen hält, dann wird Constantius sich wieder ein paar Barbarenhorden kaufen, und diese Schlacht ist so nutzlos gewesen wie alle Schlachten bisher. Wir selbst sind es, Römer sind es, die den Feind stark machen! Es ist egal. Also auf in die Campagne, über den Rhein, in den Dschungel, ans Ende der Welt!

AM GERMANISCHEN RHEINUFER, BEI MOGONTIACUM (MAINZ), ANFANG OKTOBER

Der Brückenschlag hat sich verzögert, unsere Vorräte wurden knapp und wir mussten uns in Mogontiacum neu bestücken. Dort forderten die Soldaten dann zu überwintern, aber jetzt – dank heidnischer Überredungskünste Julians – sind wir drüben, im Dekumatenland, auf altem römischen Boden. Das Gebiet ist ja nie abgetreten worden – wie soll man einer Horde auch etwas „abtreten"!? Verträge in Zeichensprache, mit blutigem Fingerabdruck; du weggehen, ich dir Schmuck; du dich in Wälder verpissen, sonst ich dir Frauen und Kinder zerhacken; ich nix mehr rauben großer Cäsar, nie mehr, du mich gehen lassen – und kaum sind die Legionen abgezogen, geht es wieder los – reiner Terror!

Mit den Persern ist das eine ganz andere Sache: Ständige Kurierlinie zur Krisenbereinigung, im Ernstfall dann gemeinsame Offiziersbankette vor der Schlacht, Vergnügungen mit exotischen Damen, Knaben und Tieren, köstlicher Hanftee. Das Gemetzel nimmt sich dann nicht viel, natürlich geordneter, von taktischem Raffinement auf *beiden* Seiten gekennzeichnet. Anschließend wieder Bankett, Austausch von Gefangenen und Geiseln, die Juristen zanken sich um die Klauseln, und das Griechisch der Perser ist besser als das der kaiserlichen Kanzlei: Das ist ein Feldzug! Hier machen wir nur Strafexpeditionen, und die eigentlich Gestraften sind wir selbst.

Das ganze feindliche Rheinufer noch voller römischer Häuser; im Dampfbad werden Schinken geräuchert, im Circus richten sie ihre entlaufenen Sklaven hin. Abgesehen von der scheußlichen Rohheit und Zweckentfremdung: Wir können es uns schon lange nicht mehr leisten, Sklaven richtig zu bestrafen, wir haben ja immer zu wenig Nachschub. Die gefangenen Germanen kommen gleich ins Heer, bis sie von der städtischen oder dörflichen *plebs* gelernt haben, sich den Daumen abzuhacken und man mit ihnen nichts mehr anfangen kann.

Das ist der Fortschritt, den wir ihnen beibringen. Eine sinnvolle Unternehmung wäre doch einzig, mit einem Heer gallo-germanischer Provinzler die Ewige zu erobern, und das römische Pack – die Senatoren eingeschlossen – in die Sklaverei zu überführen. Man vergegenwärtige sich: Die gesamte Produktion Mittel- und Süditaliens, Siziliens und Nordafricas ist *suburbicaria,* also ausschließlich zur Versorgung der außer Perversitäten *nichts* hervorbringenden Stadt Rom bestimmt!

Die paar freien Handwerker, die es noch gibt, schwadronieren den ganzen Tag von schärferen Ausländer- und Sklavengesetzen oder schimpfen, dass sie keinen Platz für ihre Ochsenkarren finden, der müßige Pöbel folgt hysterisch den Moden: Sie tätowieren sich wie Berber, zerstechen sich Ohren und Nasen wie Hunnen oder züchten hibernische Kampfhunde. Und doch träume ich manchmal vom Kapitol in der Morgensonne ...

Der Heide hat sich zur Gründlichkeit entschlossen, Motto: Rückkehr zu altrömischen Tugenden: Diesmal lassen wir kein Haus stehen, die Soldaten haben Befehl, nein: Erlaubnis, alles zu töten, was sich zeigt, Weiber, Greise, Kinder, Vieh. Wir brennen endgültig alles nieder, alles, *Germaniam esse delendam.* Das heißt natürlich auch: Wir erobern nichts mehr, wir halten nichts mehr, wir schaffen nichts mehr. Die brennenden Felder beleuchten am Abend das Truppenunterhaltungsprogramm, Porzia, die versaute Syrerin, extra aus Mailand angefordert: Julian, der die Show nur eröffnet und sich dann mit seinen „Philosophen" zurückzieht, weiß, was Killer brauchen. Denn so sind unsere Legionen: Oft müssen wir Umwege durch unbesiedeltes Gebiet nehmen, denn wenn unsere Soldaten in Blut- und Plünderlaune sind, kann sie nichts zurückhalten. Ein Gang durchs nächtliche Lager ist furchterregender als jede Schlacht. Sentimentale Tötungsmaschinen, die Theater und Musik, Bibliotheken und Zirkus: die die Zivilisation verteidigen.

DEN MOENUS (MAIN) ENTLANG

Fort vom verkommenen Ufer, ins Unwegsame, Unbewegte, Unheimliche. Als wir die Böschung hinaufstürmen, flieht die Horde in die Wälder.

Unterhielt mich mit Arboretus, einem „Philosophen" aus Julians Stab, der ganz ernsthaft behauptete, auch Italien, Griechenland, ja sogar Arabien – meine Heimat – seien einst komplett schlierig-schleimig verwaldet gewesen!

Mal abgesehen vom Wahrheitsgehalt dieser Behauptung: ist es typisch für diese Leute, dass sie immer an der Vorvergangenheit hängen und nicht einsehen wollen, dass sich für ihre Systeme, Feinheiten und Sentimentalitäten niemand mehr interessiert. Die Leute wollen Erlösung, Mittel gegen die Todesfurcht und Vergebung für Exzesse. Sie wollen kein gutes, musisches, siegreiches, intelligentes Leben hienieden, das es für sie nicht gibt, sie wollen ein ewiges Leben dort, bei Vater und Sohn.

Hier vor Ort allerdings werde sogar ich wieder pagan und sehne mich nach einer Spezialgottheit, die baumvernichtenden Regen schickt, der das alles hier zerfrisst! Arboretus schmunzelt unter seinem albernen Schnurrbart und sagt, in Konstantinopel würde mit einem Feuerteppich experimentiert, aus Naphtha hergestellt, das eben wiederum aus verrotteten Bäumen sich zusammensetze, womit – denn darauf will er natürlich hinaus – die Welt ein ganz sich selbst genügender Kreislauf sei, ohne Schöpfung und jüngstes Gericht, eben eine gute, eine perfekte Welt. „Findest Du diese Scheiße hier etwa GUT", schreie ich ihn fast hysterisch an – er weiß natürlich, was allein die Erwähnung DER Stadt, was allein der Name Konstantinopel mir bedeutet; aber bevor er Sophistereien verbreiten oder sich über mein Niveau mokieren kann, wird unsere Vorhut überfallen, und wir geben die Sporen.

Als wir dazukommen, sind die Wilden natürlich schon wieder in den Wäldern.

Einer wird gefangen, ihm werden die Instrumente gezeigt, das reicht, die Germanen, das ist bekannt, haben keinen echten Stolz, sie gehen einem an die Gurgel oder winseln. Das Gros der Horde flieht, sagt unser Mann, aber ein Tunnelsystem läuft parallel zu unserm Weg, aus dem heraus sie im rechten Augenblick uns befallen wollen. Wenn wir dem Fluss folgen, den sie Main nennen, werden wir sie früher oder später stellen. „Früher oder später", das kann Julian den Soldaten natürlich nicht sagen, die machen ihn fertig wie damals an der Mosel, als der Proviant nicht kam, da kann er tausendmal der Neffe des großen Konstantin sein. Kaum waren unsere Leute zwei Tage nüchtern, da hatte es sich mit *Cäsar! Cäsar!* „Grieche", riefen sie, „Griechlein, wir wollen essen, bring uns Wein, Bart, du kleiner griechischer verlogener Asiat, arschfickender Klugscheisser!" Und Julian kraulte sich die Philosophenzotteln und ließ dann die nächste (römische!) Stadt von seinem Proviantmeister ausplündern, gegen Quittung natürlich, was sollte er schon machen!

Julian sagt den Soldaten also: In sieben Tagen schlagen wir sie.

Das hat er aus den Eingeweiden irgendeiner Art von Riesenhirschen gelesen, die uns hier allenthalben zutraulich in den Speer laufen. Ich mache viel mit, wovon ich mich durch abendliches Lyraspiel und ein wenig Hanftee befreien kann, aber dieses widerliche, unersättliche Gewühle in Eingeweiden macht mich krank.

Typisch dabei für die hiesigen Verhältnisse, dass das Wild riesig, die Haustierrassen jedoch alle viel kleiner sind als bei uns: Sie haben nur die schwächsten Tiere fangen können und diese sich ungeregelt vermehren lassen, anstatt zu züchten – und so was führt natürlich zur Hauptfrage: Warum lassen sich diese Germanen nicht einfach unterwerfen, zahlen ihre Steuern, bekommen dafür Kultur und Märkte, und wenn unsere Statthalter ein wenig zuviel herauspressen wollen, machen sie eben eine Eingabe oder einen kleinen, zivilisierten Aufstand und werden beim nächsten Mal niedriger eingestuft – das wäre doch kein Problem und nur zu ihrem Vorteil! Was haben sie denn von ihrer Freiheit?

Alles Nicht-Germanische lehnen sie ab, obwohl doch ihre eigenen Chefs innerlich schon längst sich unsere Praktiken – und schlimmere – zu eigen gemacht haben. Sie schimpfen uns dekadent und trinken ihr abscheuliches Bier aus Silberpokalen, von deren Herstellung sie nicht die geringste Ahnung haben. Und das, obwohl wir Jahr für Jahr einen Strom von germanischen Flüchtlingen aufnehmen, der sich bisher innerhalb einer Generation romanisiert hat. Es ist ein neues Phänomen, daß sie wie schlafend in unseren Städten leben und nur wach zu sein scheinen, wenn sie nachts von ihren Wäldern träumen.

Nicht zu begreifen; also gehen wir sie töten, das scheint ihnen zu gefallen.

AN DER NIDA (NIDDA), ANFANG NOVEMBER
Müde, durchnässt, tief patriotisch bewegt. Ich liege unter römischem, unter kaiserlichem Dach mitten im schwärenden Sumpf.

Alle Wege, die uns der Kundschafter zeigte, waren mit riesigen Baumstämmen versperrt, und diese Riesen brennen nicht, denn sie haben seit tausend Jahren sich mit Eiswasser vollgesogen. Wir suchten andere Möglichkeiten, gerieten aber in nur immer tiefere Schluchten. Trotzdem hätte der Heide uns wohl ins Verderben klettern lassen – eine rätische Gebirgsjägerkompanie machte sich bereits marschbereit –, wenn nicht (dass ich dafür jemals würde dankbar sein können!) ein Schneesturm in kurzer Zeit alles mit seinem Leichentuch bedeckt hätte.

Der Heide ließ einen Hirsch schlachten und durchwühlte seine Eingeweide nach göttlichen Ratschlägen, aber es war klar, dass die Soldaten nicht weitergehen würden.

Wir waren also auf dem Rückmarsch, als einer unserer leichten Kavalleristen, die unsere Flanken dekken, zum Cäsar preschte und meldete, er hätte eine Stadt gesehen, eine römische Stadt mitten im Urwald. Julian selbst setzte sich an die Spitze einer Patrouille, und ich musste natürlich mit.

Wir ritten mitten durch die grüne Hölle nach Norden, weg vom Fluss. Dieses „Mitten-durch-den-Wald-reiten" ist seine Spezialität geworden, um auf den Flügeln der Abkürzung wie ein Halbgott in seine Feinde hineinzubrechen, und natürlich ist diese Blitztaktik so wenig originell wie sein ganzer zusammengeräuberter Neoplatonismus; denn es war Silvanus, der ehemalige Kommandant der Infanterie, der dadurch berühmt wurde, dass er sich um Straßen nicht scherte und immer den direktesten Weg zum Feind suchte, bis er sich für einen so auserwählten Feldherrn hielt, dass er sich in Köln zum Augustus ausrufen ließ. Constantius schickte sofort ein Einsatzkommando, und nach einem Monat im angemaßten Purpur war Silvanus tot. Er ist es, dem Julian nacheifert, wenn er uns unter den Baumriesen hindurchreiten lässt – wollen sehen, worin er ihm sonst noch folgt!

Der Wald begann sich zu lichten, unsere Pferde schritten schwer voran durch matschige Sumpfwiesen. Plötzlich aber ging es leichter, und wir bemerkten, dass wir uns auf einer überwucherten, schlaglochverwundeten, aber eindeutig: römischen Straße befanden.

Und dann sah ich den Turm. Er war gar nicht leicht auszumachen zwischen all den Wipfeln. Holzdach und Aufbau waren stark beschädigt, aber die Mauern standen wunderbar und groß. Wir ritten weiter und im Baumbestandenen zeichneten sich Fundamente ab, dann Ruinen, und schließlich standen wir auf dem Forum vor den Mauern eines großen Gebäudes, offenbar des ehemaligen Gästehauses der Handelsstation. Wir hielten. Es war still, nur das Schnauben der Pferde war zu hören, weiß stieg ihr Atem zum Himmel. Vor uns am Boden lagen die Trümmer einer Statue, der kaiserliche Kopf war barbarisch verunstaltet, höhnisch war den reinen Lippen ein Bart aufgemalt und eingekratzt worden.

Julian stieg vom Pferd, nahm den Kopf auf, ließ Wasser holen, um ihn zu reinigen. „Im Namen des Reiches", sprach er dann, „nehme ich wieder Besitz von dieser Feste, gegründet von meinem Vorgänger. Möge sie neu erstehen und den Barbaren Macht und Größe Roms ewig vor Augen führen."

Mir stockte der Atem, aber ich hielt mich zurück – Constantius wird einen langen Brief von mir bekommen. Statt auf die Usurpation einzugehen, sagte ich laut: „Amen!" Und der ganze Trupp sprach mir nach, und Julian sah mich an und nickte dazu.

Später am Tag, als das Heer nachgerückt ist, stellen Julians „Philosophen" alles auf den Kopf, um die Geschichte der Ansiedlung zu rekonstruieren, während die Soldaten dringenderen Tätigkeiten nachgehen: Eben hier ein Exempel zu statuieren und einen Vorposten zu befestigen.

Alle sind jetzt so beschäftigt, damit keiner auf den Gedanken kommt, es könne vielleicht er sein, der dann hier bleiben muss, Meilen von allem Menschlichen entfernt.

Während die Arbeiten präzis vorangehen – wie viele solcher Lager hat römischer Fleiß schon errichtet in den letzten Jahrhunderten, immer genormt nach der selben Art! – „Ich bin stolz auf mein Schwert", geht ein Soldatenspruch, „aber ich vertraue meinem Spaten" – melden unsere Posten auf dem alten Wachturm Bewegungen der Barbaren.

Wir warten die ganze Nacht auf ihren Angriff, aber es rührt sich nichts.

Am nächsten Morgen bei der Lagebesprechung berichten zunächst die „Philosophen" von ersten Ergebnissen ihrer historischen Recherche. Sie haben Inschriften gefunden, die als Gründer der Stadt Traian ausweisen, nun, das wundert nicht, welcher Kaiser sonst hätte mitten im Sumpf es gewagt, eine so bedeutende Festung zu errichten. Die letzten gefundenen Münzen verweisen auf die Zeit um 260 nach Geburt unseres Herrn, eben als wir gezwungen waren, den Limes aufzugeben und uns hinter den Rhein zurückzuziehen – auch das kein wirklich überraschendes Ergebnis! Und dass schließlich nicht wir den Ort so verwahrlosen ließen und zerstörten, sondern dass sein jetziger Zustand zurückzuführen ist auf die Händel der Barbarenhorden untereinander – wer eigentlich wollte das in Frage stellen? Sie können ja mit Städten nichts anfangen, selbst im Winter, wenn sie eine Stadt geplündert haben, ziehen sie es vor, sich vor ihren Mauern unter klammen Planen im Schlamm einzugraben.

Ich bin so erbost über den arroganten Ton der „Philosophen" und über den freudigen Ausdruck, den diese „Neuigkeiten" auf Julians Gesicht zaubern, dass ich, als er mich ansieht, mich nicht enthalten kann, meine Meinung, die mir vorher noch gar nicht bewusst war, klar zu äußern: „Wenn Traian", spreche ich wie vom Heiligen Geist in Besitz genommen, „diese Stadt gegründet hat, dann zeigt sich daran, dass Rom einen größeren Feldherrn nie besessen hat." Diese Spitze wird sehr wohl verstanden und sichert mir übelwollende Aufmerksamkeit. „Wenn aber seine Nachfolger nicht in der Lage waren, diesen Gewinn zu erhalten oder gar zu vermehren, dann deswegen, weil mit Traian das alte Rom seinen Zenit erreicht hatte. Es war ein Rom ohne die Gewissheit des Glaubens. Nur als Christen werden wir diese Stadt neu gründen können und nur, wenn wir aus Barbaren Christen machen, werden wir sie besiegen. Wir müssen aufhören, sie immer wieder zu den Tieren herabzustoßen, wir müssen sie aufheben und zu Menschen machen."

Totenstille. Einen Moment lang spüre ich das Schwert im Nacken. Dann lächelt Julian, und ich weiß, er wird es nicht wagen, sich als der zu bekennen, der er ist, nicht hier im Feindesland, mit einer zur Hälfte christlichen Armee. „Cäsar hat deine Prophezeiung vernommen, Florentius, und er ist weise genug, sie nicht gering zu schätzen. Er wird dich an deine Worte erinnern." Das ist natürlich eine Drohung („dich (!) erinnern"), aber nun drängt das Tagesgeschäft, und als die Besprechung vorbei ist, scheint alles von Aufgaben in Anspruch genommen und der Disput vergessen.

Nicht zuletzt unterstehe ich dem Befehl des Augustus Constantius. Er ist es, der mich hergesandt hat, und der über mein Schicksal entscheidet, nicht der *Bart*. Der *Bart* hat dem Augustus Rechenschaft abzulegen über alle Unternehmungen, und er weiß, dass er nicht der einzige ist, der kunstvolle Berichte schreiben kann. Ich fühle mich also einigermaßen sicher, ziehe es aber vor, von nun an das Panzerhemd nicht abzulegen, wenn ich mich zur Ruhe begebe. Meine Leibsklaven halten nachts Wache – Germanen übrigens wie beinah alle fähigen Leibwächter. Sie haben als einzige die richtige Berufsauffassung, nämlich sich eher töten zu lassen als ihren Herren preiszugeben – nicht sehr raffiniert, aber das ist ja eben unser Dilemma, dass alle raffiniert sein wollen. In

Gedanken meiner dem *Bart* übermittelten Vision nach-
sinnend, schlafe ich hart aber zufrieden ein.

MEMORANDUM DES FLAVIUS FLORENTIUS,
PRAEFECTUS PRAETORIO GALLIAE,
EHEMALS COMES DES AUGUSTUS
CONSTANTIUS II, ZUR POLITISCHEN LAGE
IN DER PROVINZ GERMANIA SUPERIOR UND
DEN ANGRENZENDEN BARBAREN-
GEBIETEN NACH DEM FELDZUG DES CÄSAR
JULIAN, GESCHRIEBEN IM WIEDERHERGE-
STELLTEN KASTELL TRAIANSBURG,
NOVEMBER 357

Meinen bisherigen Aufzeichnungen ist sozusagen ein
Blutgeruch untergelegt. Hier, unter Traians Dach,
einigermaßen behaglich, sicher und bedacht, will ich eine
rationale Analyse der Ereignisse versuchen:

Im Jahre 355 nach Geburt unseres Herrn, ernannte
mich Constantius zum Leiter der gallischen Präfektur
(das heißt, ich bin der oberste Zivilbeamte nicht nur hier,
sondern auch in Britannien, Spanien und im westlichen
Nordafrica. In Britannien war ich noch nie, und niemand
wird mich dorthin bringen, nicht mal der Heide, und mit
den africanischen Wüsten verhält es sich genauso,

Spanien ist langweilig, zahlt pünktlich Steuern, bedarf meiner also ebenfalls nicht.) Gleichzeitig traf der eben zum Cäsar ernannte Julian in Gallien ein. Es ist natürlich immer misslich, einen Vetter des Kaisers sich plötzlich vor die Nase gesetzt zu sehen, noch dazu einen vierundzwanzigjährigen Philosophiestudenten und Heiden, aber Constantius hatte mir ausdrücklich versichert, dass er eben nicht im Blickfeld herumzustehen, sondern mir und meinen Anweisungen in allem Folge zu leisten habe; und ich wiederum befolge die Anweisungen des Augustus immer aufs genaueste, ich lebe nämlich gern.

Damit er nicht auf dumme Gedanken käme, schlug ich Julian vor, er solle sich auf die Reorganisation des Heeres konzentrieren, in der Hoffnung, es würde ihn, den „Geistesmenschen", schnell anöden, und er sich den zwar provinziellen, aber nach einer spießigen Universitätsstadt wie Athen doch wohl erregenden Verlockungen des hiesigen Hofes zuwenden.

Diese Taktik ging nicht auf: Julian erwies sich als begabter, als leidenschaftlicher Soldat, und die Schlächter liebten ihren jungen Cäsar. Letztlich störte mich das aber nicht weiter, denn es waren genug barbarische Banden in Gallien, die zu bekriegen ihn in Anspruch nehmen und mich und meine Amtsgeschäfte nicht weiter stören würde; und wenn er dabei zu Tode käme, hätte ich möglicherweise einen – natürlich nie ausgesprochenen – Wunsch meines Kaisers erfüllt.

Constantius ist ein nervlich zerrütteter Mann. Das Verwandtengemetzel nach dem Tod seines Vaters, des großen Konstantin, lastet auf seiner Seele, und sein Misstrauen ist tragischerweise so paranoid wie berechtigt. Er sucht eine Stütze für sein schweres Amt, wählt Julian, weil er sein Vetter ist und gleichzeitig harmlos zu sein scheint, will, dass er in Gallien für ihn regiert und will ihn gleichzeitig loswerden. Diese ganze zweite flavische Dynastie, man sollte das gerade als ihr Bediensteter niemals vergessen, ist völlig fertig vom dauernden Ausmorden in der Familie.

Ich wehre mich im übrigen gegen den Vorwurf, ich hätte gegen das Bandenwesen und die Plünderungszüge der Germanen nichts unternommen. Ich bin lediglich der Ansicht, dass man das Geld, anstatt für immer neue Feldzüge, lieber in Handgelder investiert und damit Erfolge weit längerer Dauer erzielt. Unsere großen Feldherren – und Constantius, so staatsklug er sonst ist, macht da leider keine Ausnahme – finden das aber ehrenrührig, kommen aus dem Kriegeführen gar nicht mehr heraus und erreichen doch nichts als hier und da eine paar Monate gespannte Ruhe. Größere haben geschrieben, dass Roms Geschichte eine pathologische Geschichte ist, Jahr für Jahr ziehen wir los, um Völker abzuschlachten, früher zur Eroberung, heute für Strafexpeditionen und zur Sicherung. Nur sind wir leider oder Gottseidank nicht mehr so wild wie zu Zeiten der Republik, als die Makedonen, die Nachfahren des großen Alexander, uns sich unterwarfen, weil sie es nicht fassen konnten, dass unsere Soldaten noch die Leichen verstümmelten und sie auf dem Schlachtfeld verwesen ließen. Gerade unsere Kelten hier können das zwar immer noch, aber die Germanen beeindruckt das auf Dauer nicht, nur zivilisierte Völker lassen sich terrorisieren.

Es gab und gibt (gäbe!) nur einen Weg um das Germanenproblem *militärisch* dauerhaft zu lösen: Konzentrierter Angriff an allen Grenzfronten vom Noricum bis zur Rhein .iündung; systematische Vernichtung aller Ortschaften und aller Lebensgrundlagen, inklusive Brandrodung der Wälder; Tötung aller männlichen Barbaren über 15 Jahre; Deportation der restlichen etwa in die mauretanische Wüste oder Abschiebung über die Elbe. Dauer der Operation: jedenfalls ein Jahrzehnt; Ergebnis der Operation: Entblößung aller anderen Reichsgrenzen, Invasionen der Perser, Sarmaten, Berber, Sarazenen, Numidier *et altri*; Erringung eines menschenleeren, zerstörten, wertlosen Gebietes; abgesehen von diesen praktischen Erwägungen: höchst unchristliches Vorgehen – und wer kann eigentlich daran zweifeln, dass sich jenseits der Elbe sofort das nämliche Problem auftut, mit Hekatomben von Stämmen, allein bei deren Benennung schon Tacitus angeödet den Griffel sinken ließ? In Wahrheit müssen wir den Germanen, die in den Jahrhunderten, die sie inzwischen mit uns zu tun haben, nicht völlig unbeeinflusst geblieben sind – immerhin haben wir sie dazu gebracht, Geld anzunehmen –, ja dankbar sein, dass sie uns wenn möglich noch fanatisiertere Massen weiter im Osten vom Leib halten!

Wie löst man also das Germanenproblem? Indem man sie langsam und mühevoll dekadent macht, indem man sie ökonomisch durchdringt und zivilisiert. Eine solche Osterweiterung kostet natürlich, und zahlen müssen es die, denen der Friede am meisten am Herzen liegt, nämlich ihre Nachbarn, die lieben Gallier. Julian – das war mein erster Konflikt mit ihm – schwang sich nun zu deren Beschützer auf und erreichte bei Constantius die Aufhebung meiner von Bauern und Großgrundbesitzern geforderten Sondersteuer. Statt zu zahlen, graben sie jetzt als Grenztruppen verpflichtet den germanischen Sumpf um, ein Kastell zu befestigen, das sie, sobald die Perser sich wieder rühren und die Einsatzkommandos nach Osten abgezogen werden, todsicher, das heißt ihren eigenen Tod eingeschlossen, wieder verlieren werden. Die einzige Alternative dazu wäre die Bevorzugung einer Provinz, also die Auflösung des Reichs. Denn wenn unser Standort hier gehalten werden soll, müssen alle Truppen hier bleiben, und der Osten kann schon mal das persische Steuersystem studieren (und vielleicht findet er ja, dass es gar nicht so schlecht ist …).

Um diese einfachen Zusammenhänge zu verstehen, muss man nicht in Athen Philosophie studiert haben. Man muss schlicht Politiker sein und kein Menschenfreund und Phantast – oder Usurpator!

Julian, wenn er weiter gallisches über Reichsinteresse hebt, wird entweder, sobald er sich eines besseren besinnen muss, von seinen eigenen Truppen gelyncht; oder er wird, wenn er sie weiter so verwöhnt, von ihnen aufs Schild gehoben werden, und wir haben mal wieder, zur endgültigen Freude der Germanen und gewiss zur höchst unschuldigen Überraschung Julians, einen richtig schönen Bürgerkrieg. Anders gesagt: Nach Osten müssen die lieben Gallier auf jeden Fall, entweder *zum* Augustus Constantius gegen die Perser oder *mit* dem Augustus Julian *gegen* Constantius! Mir wird in diesem

Zusammenhang – dem der Sondersteuer – vorgeworfen, ich wolle mich persönlich bereichern. Dazu nur eines: Bei niemandem, der in die Politik geht, steht die persönliche Bereicherung an erster Stelle. Wäre das mein Ziel, ich wäre auf meinen Latifundien geblieben und ein überzeugter Parteigänger Julians, denn er ist ja nichts anderes als der politische Ausdruck der Dezentralisten, denen das Reich gleichgültig ist, solange ihre Güter geschützt sind. Dazu stellen sie Privatarmeen auf, leiten die Plünderlaune der Barbaren auf die Städte ab und erdreisten sich, die Steuer zu verweigern, weil sie ja ihre eigenen Truppen unterhalten müssen. Dagegen ist ein Politiker, der seine Karriere nicht nutzt, um sich persönlich abzusichern, entweder ein Dummkopf oder ein Hasardeur – am Schluss verhungert er oder muss nach der höchsten Macht greifen. In der Summe: Julian ist eine Gefahr für den römischen Staat. Er lebt in einer akademischen Traumwelt, verfügt zudem über hohen persönlichen Mut, moralische Rigidität, Anziehungskraft und Willen zur Macht, kurzum: Er hält sich nicht nur für den zweiten Alexander, er *ist* es – und wie erfolgreich Alexander Persien erobert und hellenisiert hat, erfahren wir täglich an unserer Ostgrenze!

TRAIANSBURG, NOVEMBER

Wie ich es vorausgesehen habe: Die Barbaren haben mehr Respekt vor dem Spaten als vor dem römischen Schwert. Kaum drei Tage sind vergangen und aus einer Ruine ist eine ansehnliche Festung geworden. Also kommen jetzt Unterhändler und bieten uns Frieden an.

Julian verhält sich geschickt und bietet einen zehnmonatigen Waffenstillstand gegen Lieferung von Lebensmitteln und Materialien zum weiteren Ausbau.

Die Unterhändler besprechen das mit ihren Chefs, und schließlich kommen drei der „Könige", die bei Argentorate Prügel bekommen haben, und schwören krächzend Treue. Wenn man jetzt mit ihnen einen gemeinsamen Gottesdienst begehen könnte, in der nicht der jeweilige Siegergott über den Besiegten triumphiert, sondern sich alle als Brüder unter dem Licht der Liebe Gottes versammelten!

Statt dessen werden die Barbaren Zeuge von Stierschlachtungen der Mithrasanhänger, während sich unsere Christen vor ihren Augen in die Haare geraten, ob der Dankgottesdienst arianisch oder athanasisch gefeiert werden soll. Wir retten die Situation, indem wir die Anführer beider Parteien sofort rädern lassen und damit den Bandenchefs zeigen, welches Schicksal ihnen blüht, wenn sie nicht Ordnung halten. Es hat auch den gewünschten beeindruckenden Effekt, ein Effekt für zehn Monate eben.

Julian überlässt das Urteil lässig den Militärtribunen, er behandelt die Auseinandersetzungen unter Christen natürlich immer wie Wirtshaushändel oder Debatten geistig Verwirrter – er selbst lässt dann eine Taube sezieren, um den Abmarschtag aus ihren Eingeweiden zu lesen (Abmarsch – dank der Taube – in vier Tagen)!

Ich bin erkältet und fühle mich matt, gehe früh zu Bett, während das Lager feiert.

AM LIMES

Plötzlich strahlendes, klar-kaltes Wetter.

Bei der morgendlichen Lagebesprechung erklärt Julian seinen Wunsch, den Limes – oder was davon übrig ist – zu besichtigen. Der Vorschlag erscheint einerseits rein sentimental, andererseits ist die Gegend ja erklärtermaßen befriedet – Cäsars Wille geschehe.

Wir fordern bei den Alamannen Pfadfinder an, und mit hundert Mann brechen wir auf. Jetzt, da wir gesiegt haben, sehen wir seltsamerweise überall Reste römischer Besiedlung, wobei ja wiederum schon Tacitus festgehalten hat, dass hier immer nur Grenzgebiet, Vorfeld war, besiedelt von Abenteurern und Kriminellen – neues

Land im Osten hieß es damals in den Städten, und wer seine Schulden nicht mehr bezahlen konnte, machte eben rüber, drehte den Germanen exotisches Gemüse an und steckte sich sein Grundstück ab.

Wir reiten fast geradezu nach Osten, links liegen die schneebedeckten Hänge des Taunus. Nach einigen Stunden lichtet sich der Wald, und wir erreichen einen gerodeten, aber schon wieder verbaumenden Streifen offenen Lands, eine halbe Meile entfernt sehen wir den – heruntergekommenen – Wall. Wir erreichen ihn, besteigen einen Turm, sehen hinaus ins Unvermessene: Wieder ein Streifen Schussfeld, dann Wälder und verschneite Höhen, endlos.

Pan kommt über die Hirten im hochsommerlich-flirrenden Mittag Arkadiens, Panik ergreift sie, wenn der Gott sich ihnen in der Landschaft offenbart. Die Wirkung dieses Ausblicks hier ist mit der alten Götterwelt nicht mehr zu erfassen, wir blicken nach Osten und alle wissen, dass dort unser Verderben sich nährt und vermehrt, wie Kinder stehen wir an der Grenze der Realität. Wir ahnen, dass unsere Welt sich nur noch in Nischen wird halten können, hinter Mauern und zinnenbewehrten Festungen. Es gibt hier nichts zu erobern, zu befrieden, die Erde selbst ist gegen uns. Dies ist die natürliche Grenze des Imperiums, und es beginnt, wenn irgendwas beginnt, das Reich des einen Gottes, vor dem der Sieger der Besiegte ist. Wir steigen vom Turm und lagern in der milden, doch schon von Schleiern umspielten Mittagssonne, trinken Wein, essen Oliven, Weizenfladen und getrocknete Früchte. Die Stimmung wird mit jedem Schluck besser, wir alle hier sind Mediterrane (ich etwa: klein, dunkelhäutig, scharfe Gesichtszüge, schwarz behaarte Unterarme: der Geheimdienst hat Angst mir zu sagen, was ich schon lange weiß: dass sie mich den „arabischen Affen" nennen) und belachen unser Schicksal, das uns so nah ans sagenhafte Eisland Thule geführt hat. Da wir Griechisch sprechen, sind wir ganz offen. Wir kommen auf einen Vergleich der beiden heiligen Städte, Athen und Jerusalem (über Rom ist ja jedes Wort verloren), und ich bin ganz bereit, zuzugeben, dass Athen provinziell, Jerusalem aber einfach unerträglich ist, ein Ort der religiösen Hysterie, seit Konstantin es zur Religionstourismuszentrale hat ausbauen lassen; überall Spinner, die auf Erlösung und Heilung aus sind und sich durch die Stadt geißeln, in Sichtweite der Stadtmauern regieren schon die Sarazenenbanden, die einzig Normalen sind die Juden.

Julian und seine „Philosophen" sind sehr freundlich zu mir, und schließlich bittet mich der Angeheitertste, ihm kurz und knapp die Essenz des Christentums zu erklären, er habe es bis heute nicht verstanden, und ich sei ja offensichtlich kein Dummkopf, Bettler oder Krüppel, welche Leute klarerweise einer Verlierer-religion sich an die stinkende Brust werfen müssten.

Nicht minder offen erkläre ich: Jesus am Kreuz zunächst ein Aufstandssymbol gegen die Bedrückungen des Imperiums, nicht gegen die alte Lebensfreude an sich; Versuch des Imperiums, diese Gegenbewegung zu unterdrücken, scheitert; deswegen Neubesetzung des Symbols: Nicht das Imperium ist schlecht – es ist vielmehr die einzig mögliche, gottgegebene Ordnung der Welt – sondern das Leben selbst, die menschliche Existenz ist negativ. Damit können alle sich identi-fizieren, vom Kaiser bis zum Sklaven, und aus einer Opposition ist ein staatstragendes Bekenntnis ge-worden.

Wahrheit, Glaube, Feindesliebe? Was wahr ist, können wir nicht wissen, nur suchen – also bleibt alles, wie es ist; woran wir glauben ist letztlich gleichgültig, nur müssen *alle* es glauben, und daran, dass dieses Leben den Menschen glücklich macht, kann nur glauben, wer eine Stelle am Hof in Konstantinopel hat; die Feindes-liebe macht uns, da wir sie nicht wirklich haben können, ein dauernd schlechtes Gewissen, verstärkt also die gewünschten Effekte, *q.e.d.*

Nachteil des Ganzen: Einrichtung der Institution KIRCHE; großer Nachteil: Steuerfreiheit für den Klerus, was bei erstaunlich vielen Milliardären zu innerer Einkehr und Übertritt in den geistlichen Stand führt – die *Una Sancta* wird Sammelpunkt einer antiautokratischen Fronde, der Konflikt ist absehbar, aber zur Zeit nicht unsere größte Sorge. Zusammengefasst: Der Kaiser ist der HERR, die Kirche ist der Heilige Geist, der Rest ist Jesus Christus am Kreuz, *amen*!

Die „Philosophen" lachen, und Julian sagt: „Du, Florentius, bist der eigentliche Philosoph bei uns, ein kynischer, aber ein Philosoph!"

„Mein Prinz", antworte ich wohlwollend, „erlaubt mir untertänigst: Ihr irrt Euch. Ich bin kein Kyniker, ich bin Beamter des Imperiums. Ich glaube den Glauben, der gut ist für das Reich. Ich verteidige die Freiheit der Kyniker, in ihren Weinschenken zu sitzen und sich ihre bequeme Stellung zu erhalten, man könne sowohl gegen das Imperium als auch gegen die Barbaren sein. Das ist eine – mit Verlaub – typisch griechische Haltung. Für die Griechen waren die Römer selbst halbe Barbaren, und seit ihrer Unterwerfung denken sie, sie hätten ein eigentlich gutes Geschäft gemacht, denn die Römer sollen die Dreckarbeit machen, während sie die Kultur hochhalten. Jetzt, wo der westliche Reichsteil unter immer neuen Schlägen wankt, beginnen ihre Eliten sich abzukoppeln. Sie reden noch von uneingeschränkter Reichssolidarität, aber in Wirklichkeit denken sie lange schon an sich, sie träumen von einem kulturell homogenen, griechischen Imperium. Auch von dieser Seite drängt also alles zur Auflösung und Zerstückelung. Das sind die Alternativen unserer Epoche, *tertium non datur*! Christlich-römisches Imperium oder Barbarei im Westen und griechisches Nationalreich im Osten! Zwangsstaat oder Kleinstaaterei und Kriegsherren! *Anti* und *Antiquus*, dagegen sein und veraltet sein, ist heute ein Synonym. Platon wird ein christlicher Philosoph oder sein Name wird von der Erde verschwinden. Das ist die Wahrheit."

„Eine halbe, eine überschriebene, eine verstümmelte Wahrheit", sagt ein „Philosoph".

„Wer aufs Ganze geht, wird am Ende mit leeren Händen dastehen", antworte ich, und überlasse ihm den Blick auf Julian.

Der sagt: „Dieser Maxime stimme ich zu. Es war ein weiser Zug meines Onkels, nicht alle seine Verwandten hinrichten zu lassen." Und so lachen wir dann weiter, bis es zu dunkel, zu kalt und zu unheimlich wird.

TRAIANSBURG, DEZEMBER

Nun wird diskutiert, wer hier bleiben wird, die romanisierten Grenzgermanenkontingente, ob freiwillig zu uns übergetretene *Laeten* oder von uns unterworfene und zwangsangesiedelte *Deditizier*, die angrenzenden *Limitanei*, gallische Bauernsoldaten, oder die seit Konstantins Reform (Reform: es wird immer schlechter!) in den Städten im Hinterland stationierten Berufssoldaten, Panzerreiter und andere schwere Kavallerie zumeist. Letztere machen allein durch ihre Rüstung immer den größten Eindruck auf Barbaren und Frauen.

Die Frage kann aber nicht nach dem militärisch Sinnvollen entschieden werden, da die Armee ja die eigentlich demokratische Organisation des Imperiums geworden ist: Man kann kein einziges Manipel zwingen, etwas zu tun, man muss sie geduldig überzeugen, behutsam bestechen oder als Meuterer von anderen Abteilungen zusammenhauen lassen, die für diesen Beweis ihrer Loyalität wieder eigene, neue Privilegien einfordern.

Ich bin besorgt. Ich habe mich bei unserem Ausflug am Limes gehen lassen. Ich habe zuviel geredet. Ich habe lächelnd dem Gegner die Wahrheit gesagt. Ich bin hier naiv wie ein Barbar geworden.

AUF DEM RÜCKMARSCH

Aufbruch, endlich, und endlich neue Depeschen – Constantius will Soldaten für den Osten, gegen die Perser!

Gallien befriedet, Germanien gezähmt, Julian *dixit* (wird *victorinus* genannt bei Hof, Siegerlein; und weiß noch von nichts)! Jetzt wird die Entscheidung fallen. Wird sich der *Cäsar Germanicus* seiner besten Truppen berauben lassen?

Noch stärker aber der Eindruck beim Verlassen der Traiansburg: Die Nachhut hatte die Aufgabe, ein Meutern der in der Festung zurückgelassenen, „stationierten" Truppen zu verhindern!

Die Sieger bleiben verloren zurück. Man hat einem dummen jungen Militärtribunen das Kommando gegeben, der hofft, sich wie einst Hadrian bei den Barbaren für höhere Ämter zu empfehlen – zu seinem Glück ist er Christ und glaubt an die Himmelfahrt.

Julian hat sich der „Galiläer" entledigt und dabei sich auf mich berufen – die christlichen Soldaten würden den Germanen ein Vorbild geben und besser mit ihnen zurechtkommen – ein schlaues, grausames Bürschchen!

Germanenkinder betteln uns an und bewerfen uns mit Schlamm und Eicheln, wenn wir ihnen nichts geben, bis zum Rhein, *verus limes*!

In Mainz schlimme Nachrichten, die Franken sind über den vereisten Fluss und plündern Belgien. Ich versuche wieder Julian das ABC beizubringen und ihn zu Zahlungen zu veranlassen, er will das ABC nicht lernen und schafft es dann aber tatsächlich, die Truppen zu einem Feldzug mitten im Winter zu überreden.

Ich verabschiede mich dankend und frierend, beschließe meine germanischen Abenteuer und mache mich auf in die Narbonensis.

Die Nachrichten sind gut: Heiteres Wetter, schöne Menschen mit Olivenhaut, Kelten, Griechen, Römer, Phönizier, Frauen. Der neue Wein soll vorzüglich sein.

SECHS JAHRE SPÄTER, 363, IM JULI, AN DER KÜSTE ILLYRIENS

Heute erreicht mich die Nachricht von Julians Tod in der babylonischen Wüste. Die Perser triumphieren, die alte nomadische Scharmützel- und Ausweichtaktik siegt, die Generäle Durst und Hitze tun das ihre.

Seit dreieinhalb Jahren auf der Flucht, als zum Tode Verurteilter verborgen und ärmlich lebend, seit Constantius vor zwei Jahren kurz vor der Schlacht starb, und Julian Augustus wurde, empfinde ich doch keinen Triumph.

Das Genie Julian war ein Zwischenspiel, seine Taten bleiben nur den Dichtern zur gefälligen Verwertung – falls es zukünftig noch Dichter gibt.

Zerfall und Zerstückelung des Reiches gehen weiter: Das Christentum ist stärker denn je, nur schneller als ich dachte spinnt die Kirche hochverräterische Fäden – warum eigentlich kein germanisch-christliches Reich hört man neuerdings aus der päpstlichen Kanzlei, *Gothia christiana*!? Wer lateinisch sprechend durch Konstantinopels Gassen geht, wird angefeindet, alle Westler gelten als kulturlos, *Hellas zuerst* ist die Devise, wenn überhaupt etwas anderes als das letzte Wagenrennen debattiert wird oder man nicht gerade Juden massakriert.

Jovian, der neue Kaiser, ein christlicher Soldat, schließt sofort Frieden mit den Persern.

Er befiehlt mich nach Konstantinopel. Vielleicht ist es ein Trick, und man will sich meiner entledigen, aber ich will wieder dorthin, wo entschieden wird, auch über mich.

Die Reichspost rüttelt meinen kranken Körper durch, und ich denke an Rom, an die Perser, an Indien und das sagenhafte Seidenreich dahinter, ich denke an die Barbaren; und wieder wie damals bei der Lagebesprechung in Julians Zelt in den germanischen Wäldern habe ich so etwas wie eine Vision, ich ahne sehnsuchtsvoll, dass es einer gemeinsamen Idee bedarf, all diese Völker und Staaten zu einer Welt zu verschmelzen, einer Idee, die eine Faszination, einen einheitlichen Geschmack wird haben müssen, der allen gemäß ist; und als ich das vor mir sehe, erreichen wir eine Station, und ich begebe mich – als hätte ich Hunger – zu einem Weizenfladenimbiss und denke lachend und kauend, dass es vielleicht so etwas sein könnte, ein Weizenfladen, der überall auf dem Erdkreis genau so schmeckt wie dieser hier, irgendwo in der pannonischen Provinz.

III.
DU BIST DER SIEGER!

Die Wahrheit ist die Verfassung des Zukünftigen.
HL. MAXIMOS DER BEKENNER

11. FEBRUAR 6149 SEIT ERSCHAFFUNG DER WELT, AM BOSPORUS

Da wären wir nun, wo sich die Straßen trennen: Wo sind wir? Am Rand Europas, am Rand Asiens, am Rand, Heraclius, jedenfalls am Rand. Badet einer in schmutzigem Wasser, hat er mit einer Anklage zu rechnen? Ein Bad im Meer zeigt frohe Zuversicht an? Ist hier das Ende eines Traums oder ein Anfang, hier am Bosphoros, Bosporus, Griechisch, Latein, Armenisch, was soll's, das Land ist alt, es kann sich nicht alle unsere flüchtigen Sprachen merken. Wir sind am Rand, gleich ist die Brücke fertig, und der Cäsar oder Imperator oder Basileus reitet hinüber, dem Volk von Konstantinopel zu verkünden, dass alles umsonst war, zwanzig Jahre

Kreuzzug umsonst! Bei dieser Botschaft – was zählt da die Sprache!

Natürlich, da drüben, Dein Vandalenbalg, Dein Atha-larichos mit den blauen Augen.

Dein Bastard ist gerade dabei Dich zu stürzen, Heraclius. Er will Dir den Purpur wegnehmen. Er will Dir die Nase abschneiden. Er will Dich auf die Krim verbannen oder nach Karthago, Verbannung nach Hause – zu subtil für einen Vandalen? Oder sind da noch Perser, die an unseren Brunnen, in unseren Gärten liegen und nicht wissen, dass ihr Reich nicht mehr existiert?

Vielleicht lässt Dich Dein Bastard ja Africa für Byzanz zurückerobern, gnädig wie er ist, und Du darfst dort bleiben, bis die Kamelreiter kommen? Heraclius, was für ein großartiges Leben nicht wahr, Herr Kaiser Basileus, welch ereignis- und ertragreiche dreißig Jahre!

Hast Du Schmerzen? Treibt Dir das Wasser Bauch und Genitalien auf? Ein leckes Fass macht Ärger und Verdruss am Ende. Willst Du, dass Deine Kaiserin sich auf Dich setzt, die Qualen zu lindern, dass sie sich Dein angeschwollenes Glied ein letztes Mal einverleibt? Du kannst ja doch nur noch Wasser spritzen – und hast Du nicht Angst vor dem Wasser, panische Angst und lässt Deine Soldaten eine Brücke über den Bosporus bauen und mit Laub belegen, damit Du glauben kannst, Du bewegtest Dich auf festem Grund? Oder willst Du wie Christus übers Wasser wandeln?

Sag Heraclius, wie viele Wesen hat der Christus, eins oder zwei; und wie viele Energien, eine oder zwei und wie viele Willen, Heraclius, wie viele, einen oder zwei? Hast Du diese Probleme gelöst in der Zeit, die Dir zu Verfügung stand, heiliger König in Christus?

Dich quälen, ich Dich quälen. Ich, ein einfacher General, den Kaiser quälen, wie sollte ich das wohl fertig bringen.

Ich bin doch nur der Wettverlierer, Heraclius, der ewig zu spät gekommene, der über Land zockelnde, der nicht auf weißem Wellenschaum reitende, der nicht von der heiligen Ikone geleitete, der nicht den Usurpator stürzende, der Getreideaufkäufer, der andere, der dumme, der langsame Libyer.

Nicht Libyer? Aber wieso nicht, Heraclius, wir sind doch Libyer, wir beide, armenische Libyer, geboren in Konstantinopel, aufgewachsen in Karthago, mit armenischen Vätern. Armenien gehört uns nicht mehr, weißt Du, es gehört jetzt den Kamelreitern und davor gehörte es den Persern, mal abgesehen von den fünf Jahren, da Du es zurückerobert hattest, oder waren es sechs; und Karthago gehört Persern, die nicht wissen, daß es Persien nicht mehr gibt oder die davon gehört haben, dass wir

Persien erobert haben – Verzeihung: dass Du es erobert hast – die aber nicht wissen, dass es gerade von den Kamelreitern erobert wird. Weißt Du, ich finde, Du hast recht, Du bist, wir sind keine Libyer, ich finde, wir sind richtige Bastarde, richtige Byzantiner, Römer, Rhomaier, Verzeihung, ich soll ja griechisch sprechen, Basileus. Aber andererseits, Heraclius, Herakleios, Verzeihung: Warst nicht Du es, der die griechischen Rhomaier sich selbst überlassen wollte und zurück in den Westen gehen, nach Hause, nach Karthago, in die klare Luft der Wüste, weg aus dieser feuchten, verkommenen Sumpfstadt, diesem Zweiten Rom, das vom ersten nur den Straßenfanatismus und die Feigheit übernommen hat?

Doch, Du warst es, ich erinnere mich: Lange hatte wir uns nicht gesehen, ich glaube Jahre nicht, da ludst Du mich nachts zu Dir, in den Palast musste ich schleichen, Angst hattest Du vor Deinem eigenen Hof, all den wispernden Eunuchenkehlchen in vorhangverhängten Nischen, ein Tuscheln, ein Auge, das kurz aus dem Dunkel herausstrahlt, der Wandschmuck, der den Schein einer flackernden Öllampe widerspiegelt, überall Gesichter, Heraclius, Stimmen, Flüstern und Dolche, da empfingst Du mich, in Deinem Grab, Deinem Gefängnis, Deinem Palast, ja, es waren Jahre, und nein, es war nicht allein Deine Schuld, ich selber war es ja, der die

entferntesten Kommandos erstrebte, gegen die Lango-
barden in Italien, gegen die Lazen am Kaspischen Meer,
gegen die Berber daheim, gegen die Avaren und
Sklavenen an der Donau und schließlich vor den Toren
der Stadt, und gegen die Perser immer wieder, die Perser,
und immer wieder die eigenen Leute, die Untertanen,
wenn sie vor und nach dem Wagenrennen sich versuchen
umzubringen, die Söhne der alten Polis, der christliche
Mob, die Demen.

Vor denen hattest Du Angst wie Dein Vorgänger
Justinian, wenn Du die Stadt sich selbst, den Persern und
Barbaren überließest, und wie für Justinian sollte ich
Dein Belisar sein, der die Grünen und Blauen nieder-
metzelt im Hippodrom, ob das Meer frei sei, fragtest Du,
wie die Stimmung im Heer sei, fragtest Du, ob ich ein
schnelles Schiff bei der Hand hätte, fragtest Du, wie die
Lage daheim in Karthago sei, fragtest Du, fragtest Du
mich, aber nicht, was gewesen war, die Jahre in Deinen
Diensten, Dein Dienstmann, weil ich ein paar Stunden
zu spät gekommen bin damals, und Du schon den
Purpur trugst und Hochzeit feiertest, während der Pöbel
Deinem Vorgänger, dem Phokas, dem abscheulichen, die
Haut abzog.

Und wie sicher Du Dir meiner warst, dass ich nicht
zur nächstbesten Hofschranze laufe und ihr ein Zettel-

chen zustecke, der Basileus will fliehen, er will die Stadt sich selbst überlassen, der Kaiser geht zurück in den Westen, der feige Libyer geht wieder in die Wüste, Du dachtest keine Sekunde dran, daß ich Dich verraten könnte, ich Dein General und Patrikios, ich Dein Vetter, ich Dein Kamerad, Dein Dich einzig liebender Freund und Bruder.

Weißt Du wie man einen ergebenen Mann nennt an Deinem Hof? Man nennt ihn einen Barbaren. Wie einem skythischen Sklaven vertrautest Du mir Deine Nöte an, wie Deinem Lieblingsbucellarier!

Und dabei warst Du Kaiser, eine der hochgewachsenen Fichten, die beim leisesten Windhauch mit allen Nadeln zittern und mit allen Zweigen ängstlich flüstern, aber ich, nicht wahr, ich war niemand für Dich, kein Adliger und kein General, keine Gefahr – mein Gott, wie Du mich lieben musst Heraclius, wie einen Hund. Und dann sagte ich Dir, Du dürftest nicht gehen, mit keinem anderen als mit mir darüber sprechen, Dein Todesurteil sei es, wenn nur einer, der Patriarch etwa, erführe, Du gäbest die Stadt auf. Keine Woche dauerte es und Du wärst verstümmelt oder tot, Deine geliebte, geile Kindfrau, Deine kleine Nichte Martina, der Du auf ein Zucken ihrer Augenbrauen ins Schlafzimmer folgst, um sie zum zehnten Mal zu schwängern, sie wäre noch schneller tot und all Deine Söhnchen und Töchterchen, keiner überlebte, sagte ich Dir, sobald die Stadt von Deinem Verrat erführe.

Damals habe ich Dich gerettet, Heraclius, und ich habe Dich gerettet, als das erste Getreideschiff aus Alexandria kam, gerade rechtzeitig, damit Du Dich als wahrer Vater der Stadt zeigen konntest, der der Bestie ihr Fressen bringt. Natürlich warst Du mir dankbar. Du hast mich zum Patrikios und zum Gouverneur von Ägypten ernannt, Du hast erst mich, dann meinen Sohn als Exarchen nach Africa geschickt, Du hast meine Tochter mit Deinem Sohn verheiratet, Du hast die Sippen vereinigt und zusammengemischt, soviel Inzucht hast Du getrieben, dass die Verwandtschaftsverhältnisse unserer Nachkommen niemand mehr wird benennen können, ja Du hast mir, Deinem General Nicetas, sogar ein bronzenes Standbild errichtet, Du, der die antiken Bronzen einschmelzen ließ, um Deinen Kreuzzug zu finanzieren.

Verstehst Du, dass es darum nicht geht? Verstehst Du, dass Du wirklich recht hast, wenn Du glaubst, dass ich Dich liebe? Aber dass ich trotzdem, was immer ich für das Imperium geleistet habe, immer der Verlierer bin, für jeden Gassenjungen, der an mein Standbild pisst, während man das arme Mädchen, das nichtsahnend sich aus dem Fenster lehnte und auf den Leichnam Deiner ersten Frau Eudocia spuckte, sofort aus dem Haus zerrte und auf dem Forum Bovis verbrannte? Siehst Du nicht, dass in Europa Treue nicht respektiert wird, und dass nur Du mir, durch Misstrauen, hättest Respekt verleihen können?

Warum glaubst Du wohl kommen die wirklich mächtigen Adligen und Großgrundbesitzer nur einmal im Leben zum Kaiser nach Konstantinopel? Weil sie das Landleben lieben oder die weite Reise scheuen? Sie kommen nicht, weil sie es als ihrer Würde nicht an-gemessen empfinden, sich Dir öfter zu präsentieren – magst Du kommen, wenn Du sie sehen willst – und so nähren sie Dein Misstrauen und damit ihr Ansehen.

Hätte ich darauf keinen Anspruch gehabt und kein Verlangen danach? Heraclius, warum habe ich Dich nicht getötet, warum tue ich es jetzt nicht und werde Basileus, ich, der berühmteste General der byzanti-nischen Armee? Weil ich Dich liebe, Heraclius?

Du ahnst es, ich sehe es, Dein Bauch treibt wieder auf, hier nimm meinen Martinsmantel und leg ihn Dir über, Du siehst aus wie ein Priap, christlicher Basileus, der Du das Kreuz aus Ktesiphon wieder nach Jerusalem brachtest, Du, dem der Engel erschien vor den Toren, der Du den Purpur ablegtest, um nackt wie Christus einzuziehen, Heraclius, Du siehst aus wie ein heidnischer Götze!

Dominus Dominorum, ich sage Dir: Ich will nicht Du sein! Ich wollte nie Kaiser werden! Ich hätte das Rennen gewinnen können. Aber ich wollte nicht, ich wollte es schon nicht als ich von Karthago aufbrach, verstehst Du? Ich will nicht der Sieger sein!

Nein, nicht sterben, nicht jetzt, noch nicht! Ich will es Dir noch erzählen, zum Schluss des Ganzen, die wahre Geschichte unserer Wette, vor zweiunddreißig Jahren, als wir jung waren, mein Bruder.

Du hast nichts dagegen, nicht wahr, die Zukunft hat für Dich doch schon lange aufgehört, das ist doch Deine Krankheit, Dein Tod, Deine Resignation. Die dunklen Jahre kommen, Heraclius, für alle, für uns, durch uns. Wer ist schuld, dass ich nicht denken kann, die Zukunft wäre keine Katastrophe, Du Heraclius oder das Schicksal oder ich selbst?

Erinnerst Du Dich an das Licht Karthagos, flimmernd über Wasser und Sand, und hinter den Dünen die Weizenfelder, endlos? Dein Vater hieß wie Du, das war: Du warst der geborene Nachfolger, Exarch von Karthago. Mein Vater hieß Gregorios, und ich war Nicetas, der für die Siege geborene, der General. Aus dem fernen Osten waren sie gekommen in den letzten Rest des

Westens, mythisches punisches Erzfeindland, altrömische Resterde nun, seit Narses die Vandalen in die Wüste geschickt hatte, nicht alle natürlich, denn wie hättest Du sonst Deinen blonden Athalarichos zeugen können, der da drüben – Europa, Heraclius – gerade an Deinem Abgang arbeitet.

Die Berber machten ihnen Schwierigkeiten, kamen immer wieder aus ihren Bergen herunter zum Plündern, aber die Berber hatte es dort schon seit Jahrtausenden gegeben, schon vor den Puniern. Im Hauptteil des Exarchats Africa lebten doch eigentliche, richtige, christliche Römer, ehrliche, gläubige Lateiner.

Wir liebten Africa, erinnerst Du Dich, die Löwenjagd, die blonden Vandalenmädchen auf dem Lande, aber unsere Väter vergaßen Konstantinopel nie, die Stadt blieb immer Zentrum ihres Sehnens und ihres Ehrgeizes, und als sich endlich die Gelegenheit zur Rückkehr bot, waren sie zu alt, doch hatten sie uns infiziert, plötzlich raste die Politik in uns, Africa war nur noch ein Streifen alter, ausgelaugter Erde unter einem zu weiten Himmel mit zu vielen Sternen, die auf zu wenig Macht hinunterstrahlten, Africa war Rom und das mächtige Rom war tot, weiter nach Norden jetzt, ins neue Zentrum im uralten Osten, dorthin, wo der letzte Rest des Westens sich gesammelt hatte, auf Armenisch flüsternd sahen wir unsre Väter über Geheimdepeschen und Landkarten brüten, wir hielten mit Latein dagegen, das Latein der Stadt Karthago, das der Exarch und sein Feldherr nie gelernt hatten, und dann, auf Griechisch, wurde die beschlossene Sache uns eröffnet, der Putsch gegen das Subjekt Phokas, die Aufforderung des Senats von Konstantinopel dazu, Du, Heraclius, mit der Flotte, und ich mit dem Heer. Du solltest unterwegs Soldaten sammeln, ich Getreide. Abends tranken wir, wir waren heiter und wir wetteten, unernst, gelöst, nur unseren Vätern, Söhne von Clanchefs, ganz Byzantiner, ganz Griechen, spannten sich die Nackenmuskeln, ihre großen Kiefer begannen zu mahlen, die Operation hatten sie geplant und nicht das Ergebnis, die Kaiser-würde war kein Spiel für sie, im Moment unserer Wette wurden sie Gegner, sie, die unter sich die Rollen verteilt hatten, erwachten am nächsten Morgen als Magister ihrer Söhne, als Gladiatorentrainer, als Feinde.

Oder war das nur ein Trick, Heraclius? Dachten sie, sie müssten ihre Söhne anstacheln? Glaubten sie, wir würden nur dann unser Bestes geben, wenn es um das Höchste ginge, ihr Höchstes? War unsre Bubenwette ein Plan alter, armenischer Intriganten, eingefleischter Dop-pelspieler? Wurden wir da zum erstenmal Opfer grie-chischer List und Tücke? Dann brachen wir auf, mit viel

Proviant und wenigen Soldaten, denn Africa ist reich, und die Berber sind immer unruhig, wir wussten ja, dass wir erwartet wurden, vom von der Pöbelherrschaft angewiderten Adel, vom hungernden Volk. Unser Aufbruch: Wusstest Du da schon von der List unserer Väter – träumt jemand, seine Mutter sei eine Hure, droht ihm Unheil – Deine Mutter und Deine tumb-fromme Verlobte voraus in die Höhle der Hyäne zu schicken, um Phokas ja jede Gelegenheit zu bieten, sich ins Unrecht zu setzen? Wusstest Du? Und warst Du in Sorge oder ganz zufrieden, als er gierig zugriff und die beiden in die *Metanoia* bringen ließ, als wären sie Prostituierte, die sich zum *Sinneswandel* entschlossen hatten?

Was für ein wunderbarer Idiot, dieser Phokas, eine Heilige, Deine Verlobte, in ein Nuttenumerziehungsheim zu sperren und Deine alte Mutter – dachtest Du so? Oder hattest Du Angst um sie? Das ist doch vielleicht eine Frage, die einen auf dem Totenbett beschäftigen sollte, Heraclius, erzähl es nicht mir, erzähl es *ihm*!

Soll ich eine Pause machen?

Das war doch ein Einschnitt, unser Aufbruch?

Oder haben wir keine Zeit, wir haben keine Zeit, Du quillst, Heraclius, Du siehst aus wie eine Kamelblase, aus der die Ismaeliten trinken. Du hörst den Namen nicht gern, ich weiß. Aber weißt Du, sie haben jetzt auch einen

Namen, die Kameltreiber, die Sarazenen, sie sind nicht mehr einfach Barbaren oder Heiden. Sie haben jetzt einen Gott und einen Propheten.

Etwas einfacher als bei uns, findest Du nicht, ein schlankeres System. Deswegen werden sie ja von unseren Monophysiten überall begeistert aufgenommen, in Ägypten, in Palästina, in Syrien, überall dort, wo ich auf dem Landweg εις ταν πολιν, *is tav polin* (pass auf: bald heißt sie nur noch so!), auf dem Ritt in *die Stadt*, vorbeikam: Unsere östlichen Christen sind freundlich zu den Arabern wegen ihres einen Gottes ohne zweigeteilt menschlich-göttlichen Sohn und seltsam schwebendem Heiligen Geist.

Weißt Du, warum die Kamelreiter sich nicht zufriedengeben mit dem halben rhomaischen Reich? Weil unsere Leute, Deine christlichen Untertanen, nicht in genügender Zahl vor ihnen fliehen; weil sie zu wenig Land freimachen; weil sie zu zufrieden sind.

Du solltest sie verfolgen und zwangsbekehren wie die Juden, erinnerst Du Dich: *„Seid ihr Untertanen des Kaisers? Wenn ja, so müsst ihr euch bekehren lassen!"* Du befahlst, christlicher Diocletian, ich führte aus, mein mieser Krieg, Heraclius, der einzige, der mir nicht gefiel, der einzige, für den das rhomaische Volk mich gebührend pries und feierte, ein unheimliches Volk, das Volk

87

Deiner Hauptstadt, nicht wahr, wenn sie wieder einen Heiden entdeckt haben und ihn durch die Straßen hetzen, wenn sie sich um ihre heiligen Bilder schlagen, wenn sie plötzlich alle Mönche werden wollen und keine Waffe in die Hand nehmen, eine zähe Brut, ein gewaltiges, wildes Tier, der Demos, nicht mal die Pest kriegt ihn klein, die halbe Stadt stirbt und die zugezogenen Barbaren brauchen kein Jahr, und sie sind Volk, Volk von Konstantinopel, hörst Du es, vierzigtausend versammelte Familienväter, geteilt in grün und blau, aus dem Hippodrom herüberschreien:

„ORDNUNG UND GLÜCK FÜR DIE STADT! VIELE JAHRE DEM KAISER! VERJAGE DEN NICHTENSCHÄNDER HERACLIUS! TÖTE DIE HURE AUF DEM THRON UND IHRE BRUT! VIELE JAHRE DEM BASILEUS! HERR, SCHENKE IHM LEBEN! ALLES GUTE, FÜR DICH, RHOMAIER, LASS DIE ZAHL DER KETZER IM VOLK DER RHOMAIER NICHT NOCH WEITER ANSTEIGEN! DIE HERRSCHAFT GEHÖRT DIR, DU BIST SIEGER! SCHENKE UNS FÜR DEN ERDKREIS EINEN KAISER, DEM ES NICHT UMS GELD GEHT! EINEN ORTHODOXEN KAISER FÜR DIE OIKUMENE! GLÜCK FÜR DEN ERDKREIS! UNBESTECHLICHE BEAMTE FÜR DIE

STADT! DU BIST SIEGER! GOTT HAT DICH UNS GEGEBEN, GOTT WIRD DICH ERHALTEN! DU BIST WÜRDIG DES REICHS, WÜRDIG DER TRINITÄT UND WÜRDIG DER STADT. VER-JAGE DIE ANGEBER UND DENUNZIANTEN! FÖRDERE DIE ARMEE, FÖRDERE DIE DEMEN, ERBARME DICH DEINER DIENER! DU BIST SIEGER!

Eine Macht Heraclius, nicht wahr, man versteht nicht, wie sie leben, sogar das Brot muss man ihnen schenken, achtzigtausend Getreide- und Ölempfänger stehen in der großartigen Liste des Konstantin, da war das da drüben noch ein Dorf und eine Großbaustelle, und wirklich, es sind so viele geworden und mehr und weißt Du: Wenn morgen die Perser kommen oder die Avaren, dann sind sie immer noch hier, wir gehen, müssen gehen, aber sie bleiben, sie sind DIE STADT, planlos, geschichtslos, gottvertrauend. Zu träumen, man sei blind, ist überaus günstig, das ist der Volksmund, der ausspricht, was er nicht weiß.

Ich trau es ihnen zu, Heraclius, das Überleben, mit allem Leid, allem Schmutz und Hunger und Seuchen, sie sind immer da, Heraclius, überaus vital, verhetzt und verdummt, und nicht zuletzt von Dir mein Lieber und Deinem Patriarchen.

Dem Phokas hat er es noch verboten, den gefallenen Soldaten die Märtyrerpalme zu verleihen, Du durftest, bei Dir war ein Soldat plötzlich kein Mörder mehr, sondern ein Kämpfer Christi, ein neues Gesetz, Du hast da Epoche gemacht, Basileus, seit Deiner Herrschaft ist Töten keine Sünde, sondern ein Auftrag zum höheren Ruhm Gottes, nicht mehr ein Recht, eine Pflicht jetzt jedes Christenmenschen. Das hat Dir den Sieg gebracht über die Perser, sie hatten Angst vor den Gesichtern unserer Glaubenskrieger.

Und nun Heraclius, mit den Kamelreitern und unseren unter der Heiligen Ikone kämpfenden Rhomaiern, zwei zu jedem Tod und Töten entschlossene Parteien, die sich am Taurus gegenüberstehen, nicht zwei Heere, zwei Wahrheiten, die sich die Brust aufschneiden müssen, um sich die Lüge aus den Herzen zu holen, nun wird der Feuertelegraph nicht mehr ausgehen, die Kinder lernen *Lulon-Argaios-Isamos-Aigilon-Mamas-Kyrizos-Mokilos-Auxentios-Pharos:* Konstantinopel – da sind wir, aber Du hast Glück, alles ist dunkel, Du kannst gehen.

Es herrscht Frieden im Land, beeile Dich, das ändert sich. Die Brücke ist fertig, Heraclius, das Meer ist dem Basileus untertan, das Laub ist verstreut, man erwartet Dich.

Tu Deine Pflicht und töte den Usurpator! Schneide ihm die Nase ab! Bringe das Volk zur Besinnung! Rüste es zum Kampf gegen die Ismaeliten! Du kannst nicht nicht-wollen Heraclius, Du bist der Basileus! Du bist der Sieger!

Habe ich Dir vom Propheten erzählt, dem der Kamelreiter? Den ich in der Wüste traf, vor langer Zeit, gut dreißig Jahre her, ich auf dem Landweg nach Konstantinopel, ich weiß nicht, wegen einer Wette? Einem kindlichen Rennen um den Kaiserthron? Willst Du Dir jetzt ewig Deinen Schwanz anschauen als könntest Du Dir von ihm eine Lösung erwarten?

Ich kann doch nicht mit einem Toten sprechen, Heraclius, dafür ist meine Geschichte zu gut. Ich will sie den Toten nicht erzählen, aber ich will Dich auch nicht verlieren, Heraclius, mein Bruder, den ich liebe. Muss ich jetzt ein Engel sein? Oder ein Prophet, NICETAS DER BEKENNER:

WAHRLICH ICH SAGE DIR: DER MENSCH HAT SICH UNSINNIGERWEISE UND WIDER SEINE NATUR AUF DAS HIN BEWEGT, WAS UNTER IHM WAR, ANSTATT AUF SEINEN URSPRUNG HIN. ER HAT SEINE KRAFT, DAS GETRENNTE ZU VEREINEN, DAZU MISSBRAUCHT, DAS GEEINTE ZU ZERREISSEN.

Ich bin Soldat, Heraclius, ich brauche einen Auftrag. Und Du musst ihn geben, denn Du bist der Basileus.

Aber Du bist tot. Du hast Deine Befehlsgewalt zurückgegeben, Dein *imperium*, wie wir im Westen sagten, erinnerst Du Dich? Du hast es dem Christus zurückgegeben, und da, Heraclius, hole ich es mir jetzt wieder her, von oben, von Allen, vom Ende her, ja Engel, ja Prophet, ja Bekenner:

ICH WILL DEN TOD ÜBERWINDEN UND ALLE GEGENSÄTZLICHKEITEN, VON MANN UND FRAU, VON IRDISCHER WELT UND PARADIES, VON HIMMEL UND ERDE, VON GESCHAFFENEM UND UNGESCHAFFENEM SEIN, AUF DASS SICH ALLES ALS EINS ERWEIST, ALLES GANZ IN GOTT EINGEHEND UND ALLES WERDEND, WAS GOTT IST, DAS ENDE ALLER BEWEGUNG, DER SELBST UNEND-LICHE UND UNUMGRENZBARE, DA WILL ICH SIEGER SEIN, DA WO ES HEISST:

ΚΑΙΝΕΡ ΟΔΕΡ ΑΛΛΕ!

ZEITTAFELN

ZEITTAFEL I

Vor Christus

48	9.8 Schlacht bei Pharsalos. 28.9 Ermordung des Pompeius. 2.10.48 bis 28.6.47 Cäsar in Alexandrien u. Ägypten
47	September 47 Cäsar in Italien, Cicero wird begnadigt. Geburt Kaisarions, Sohn Kleopatras und Cäsars (später von Octavian ermordet). Adoption des Octavian
44	14.2 Cäsar wird Diktator auf Lebenszeit. 15.3 Ermordung Cäsars
30	Ägypten römische Provinz

ZEITTAFEL II

Nach Christus

288   Geburt Konstantin des Großen

312   Schlacht an der milvischen Brücke; Konstantin wird zum Alleinherrscher; das Christentum wird „Staatsreligion"

332   Geburt Julians, sein Vater ist ein Halbbruder Konstantins

337   Tod Konstantins. Das Heer bestimmt Konstantins Söhne Constantius II, Konstantin II, Constans zu seinen Nachfolgern. Alle anderen männlichen Verwandten – außer Julian und seinem Bruders Gallus – werden ermordet.

340   Tod von Konstantin II

350   Ermordung Constans'

351/52 Julians Bruch mit dem Christentum

353   Constantius Alleinherrscher

354   Gallus, Julians Bruder, wird von Constantius ermordet

355   Juli bis September studiert Julian in Athen. Usurpation des Silvanus in Köln, Ermordung des Silvanus durch Constantius. Julian in Mailand zum Cäsar ernannt

ZEITTAFEL III

Nach Christus

575	Herakleios wird geboren
580	Mohammed in Mekka geboren
605	Beginn der persischen Eroberungen
610	Herakleios in Konstantinopel; Krönung und Hochzeit mit Eudokia; Empfang durch den Patriarchen Sergios und das Volk; Hinrichtung des Phokas. Herakleios kam aus Karthago, hatte der Legende nach mit seinem Bruder (Cousin? Freund?) Niketas gewettet, wer zuerst in Konstantinopel ankäme, werde Kaiser. Eroberung Jerusalems durch die Perser, sie nehmen das heilige Kreuz mit
618	Herakleios will die Hauptstadt nach Karthago verlegen. Die Perser erobern Karthago
622	Zweite Heirat des Herakleios, mit seiner Nichte Martina. Beginn der islamischen Zeitrechnung mit Mohammeds Flucht aus Mekka. Ostermontag: Beginn des Kreuzzugs gegen die Perser
629	Ende des Perserkrieges
630	Herakleios bringt das heilige Kreuz wieder nach Jerusalem

DANKSAGUNG

Dank an
Eva, Ulf, Heinrike, G + G, Werner, Christel,
Senatsverwaltung für Wissenschaft und Kultur Berlin

Geschrieben zwischen dem 11.9.01 und dem 1.10.02

VERBRECHER VERLAG

Ambros Waibel
MY PRIVATE BRD

110 Seiten
12 €, 22 SFr
ISBN 3-935843-12-7

In „My private BRD" wird in 13 Geschichten von einem jungen Mann erzählt, der im München der siebziger und achtziger Jahre sich und seiner Familie zuschaut – Vater und Mutter sind zerstritten, der eine Bruder ist ein Aushängeschild des Tennisclubs, der andere neigt zur radikalen Linken, die Welt besteht aus COOP und Kellergeister-trinkenden Nachbarn, sie besteht aus Omas, Tanten, BMW, Amerikanern und natürlich der Bundeswehr.

„Das Private ist politisch - Ambros Waibel gibt diese Binsenweisheit an die Achtundsechziger zurück und stellt die berechtigte Frage, warum die ‚Reformer nicht einfach in die modernen, bereits mit jeder Schalldurchlässigkeit ausgestatteten Häuser zogen, anstatt in Altbauten die Türen zu entfernen?' Solche allgemeineren Betrachtungen ergänzen die persönlichen Erinnerungen des Erzählers, der offenbar mehr oder weniger mit Ambros Waibel identisch ist. So wird aus ‚My private BRD' zuletzt ein längerer Essay über das langsame Verschwinden der alten Bundesrepublik, der seinen Schlusspunkt aus der bayerischen Perspektive konsequenterweise ‚88/89' findet: mit dem Fall der Mauer und dem Tod von Franz Josef Strauß. "

Kolja Mensing / TAZ

Verbrecher Verlag   Rosenthaler Strasse 39   10178 Berlin
www.verbrecherei.de   info@verbrecherei.de

VERBRECHER VERLAG

KREUZBERGBUCH

(Hrsg.: Verena Sarah Diehl,
Jörg Sundermeier, Werner
Labisch)
160 Seiten
12,30 €, 24 SFr
ISBN: 3-935843-06-2

In den 80ern war Kreuzberg ein Mythos. Berlinerinnen und Nichtberliner, West- und Ostdeutsche, Migranten und Rucksacktouristen schwärmten von diesem Bezirk oder machten einen weiten Bogen drum herum, lebten hier oder wollten hier leben. Kurz: sie träumten von Kreuzberg. Ein Rückblick ohne Verklärung und Wehmut, gut gelaunt.

Texte und Bilder von: Doris Akrap, Jim Avignon, Annette Berr, Françoise Cactus, Tatjana Doll, Sonja Fahrenhorst, Oliver Grajewski, Darius James, Meike Jansen, Jürgen Kiontke, Almut Klotz, Dietrich Kuhl-brodt, Leonhard Lorek, Max Müller, Wolfgang Müller, Thorsten Platz, Christiane Rösinger, Sarah Schmidt, Stefan Wirner, Deniz Yücel.

MITTEBUCH

(Hrsg.: Verena Sarah Diehl,
Jörg Sundermeier, Werner
Labisch)
160 Seiten
12,30 €, 24 SFr
ISBN: 3-935843-10-0

Berlin-Mitte ist der Bezirk, der zugleich symbolhaft für das steht, was die Konservativen wie die Sozialdemokraten für sich reklamieren: die Mitte. Doch was ist das? Im Mittebuch finden sich Reportagen, Geschichten und Bilder, die belegen, dass die Mitte alles andere ist, als das, was sich Politik und Wirtschaft erhofft haben. Mit Beträgen von: Lilian Mousli, Tanja Dückers, Ambros Waibel, Rattelschneck, Dietmar Dath, Heike Blümner, Almut Klotz, Kirsten Küppers, Stefan Ripplinger u.v.a.

Verbrecher Verlag   Rosenthaler Strasse 39   10178 Berlin
www.verbrecherei.de   info@verbrecherei.de

**VERBRECHER
VERLAG**

Barbara Kirchner/
Dietmar Dath
**SCHWESTER
MITTERNACHT**

350 Seiten
16 €, 30 SFr
ISBN: 3-935843-14-3

Dietmar Dath und Barbara Kirchner, beide profilierte
Wissenschafts- und Science-Fiction-Autoren, haben
diesen Roman gemeinsam verfasst. Es dreht sich um
Himmel und Hölle, um den Krieg zwischen Terroristen und Regierungen, um Sex, Sex, Sex und um die
Droge „Schwester Mitternacht", die auch die Hirne
der WissenschaftlerInnen benebelt. Eine packende
Story und zugleich eine Gesellschaftssatire.

Barbara Kirchner
**DIE VERBESSERTE
FRAU**

240 Seiten
14,30 €, 28 SFr
ISBN 3-935843-01-01

„Die verbesserte Frau" wurde zu einem der zehn
besten deutschsprachigen Science-Fiction-Bücher des
Jahres 2001 gewählt.
„Bettina, gescheiterte Studentin, verknallt sich über
Umwege in die mysteriöse Neurowissenschaftlerin
Ursula. Das ist der einfache Teil an Barbara Kirchners
Thriller. Kirchner läßt hier ihre wissenschaftliche
Erfahrung einfließen, die sie als promovierte theoretische Chemikerin gesammelt hat. Fazit: In einem Satz
durchlesen und sich über die Schlechtigkeiten der Welt
wundern!"   Sabine König / Lespress

Verbrecher Verlag   Rosenthaler Strasse 39   10178 Berlin
www.verbrecherei.de   info @ verbrecherei.de

VERBRECHER
VERLAG

Dietrich Kuhlbrodt
DAS KUHLBRODTBUCH

256 Seiten
14 €, 27 SFr
ISBN 3-935843-13-5

Dietrich Kuhlbrodt, Oberstaatsanwalt, Filmkritiker und Schauspieler, 1932 geboren, erinnert sich, wie man sich erinnert. Da es dabei nicht chronologisch zugeht, geht es rund. Der Stoffhund Wauwi überlebt und reist nach Simbabwe, Theater macht Arbeit und in Ludwigsburg werden Naziverbrechen aufgeklärt.
„Memoiren und Anekdoten eines chaotischen Lebens – eine wunderbar anarchische Anti-Autobiografie."
Bücherjournal NDR

Darius James
VOODOO STEW

Stories und Essays
208 Seiten
14 €, 26 SFr
ISBN 3-935843-15-1

Darius James schreibt in diesem Buch über die Ursprünge der amerikanischen Popkultur. In seinen Geschichten und Interviews geht es um Unterdrückung und Selbstbewusstsein, es geht um Film und Musik, um Jazz und R'n'B, um Rezepte, Drogen, die USA und Europa, um Politik und um Sex und vor allem geht es um Voodoo. Ein Grossteil der hier versammelten Storys und Aufsätze wird zum ersten Mal veröffentlicht. Übersetzt von Claudia Basrawi, zweisprachig.
„James bewegt sich innerhalb seiner Themen bewundernswert frei, seine Mischung aus persönlichen Erlebnissen, assoziativem Denken und intensiven Recherchen ist spannend und bringt immer Außergewöhnliches." Franz Dobler / Süddeutsche Zeitung

Verbrecher Verlag   Rosenthaler Strasse 39   10178 Berlin
www.verbrecherei.de   info@verbrecherei.de